BASTEI
LÜBBE

Aus der Taschenbuchreihe JOHN SINCLAIR von Jason Dark sind nachstehende Romane erhältlich. Fragen Sie im Buch- oder Zeitschriftenhandel nach diesen Titeln:

73 001 Angst über London
73 002 Der goldene Buddha
73 003 Das Grab in der Hölle
73 004 Luzifers Festung
73 005 Alptraum in Atlantis
73 006 Die Rache der Horror Reiter
73 007 Die Vampir-Flotte
73 008 Die Seelenburg
73 009 Ghouls in Manhattan
73 010 Disco Dracula
73 011 Die Werwolf-Elite
73 012 Die Todesgöttin
73 013 Hexenwahn
73 014 Tokatas Todesspur
73 015 Der Dämonenparasit
73 016 Blutige Rosen
73 017 Satans Eulen
73 018 Der Höllenbote
73 019 Ewige Schreie
73 020 In dieser Straße wohnt die Angst
73 021 Das Trumpf-As der Hölle
73 022 Die Jenseits-Falle
73 023 Friedhof der Verfluchten
73 024 Der lächelnde Henker
X 73 025 Die Leichenstadt
73 026 Kalis Schlangengrube
73 027 Dämonenfalle Rom
73 028 Das Teufelskind
X 73 029 Geheimbund der Vampire
73 030 Das Orakel von Atlantis
73 031 Liebe, die der Teufel schenkt
X 73 032 Ein Leben unter Toten
73 033 Das Hexenrätsel
X 73 034 Blutiger Halloween
X 73 035 Die magische Bombe
X 73 036 Anubis – Wächter im Totenreich
73 037 Voodoo in London
X 73 038 Vampir-Expreß
X 73 039 Horror-Hochzeit
X 73 040 Zombies auf dem Roten Platz
X 73 041 Die Grabräuber
X 73 042 Das Hexenschiff
X 73 043 Julias kleine Sargmusik
X 73 044 Hände, die der Satan schuf
73 045 Der Druiden-Schatz
X 73 046 Die Kreuzweg-Legende
X 73 047 Mein Blut für den Teufel
X 73 048 Wen das Grab ruft
73 049 Der Flammenengel
X 73 050 Todesglocken für John Sinclair
X 73 051 Totenkopf-TV
73 052 Höllischer Vatertag

Jason Dark

Das Duell der Hexen

John Sinclair Roman

BASTEI LÜBBE

BASTEI-LÜBBE-TASCHENBUCH
John Sinclair
Band 73 053

Titelillustration: Vicente Ballestar
Umschlaggestaltung: Quadro-Grafik,Bensberg
Satz: Fotosatz Steckstor, Bensberg
Druck und Verarbeitung:
Clausen & Bosse, Leck
Printed in Western Germany
ISBN 3-404-73053-4

Hautnah war sie dem Tod. Dennoch sah sie etwas, um das sie so mancher beneidet hätte.

Es war die herrliche nächtliche Kulisse der gigantischen Küstenstadt San Francisco. Für einen Moment vergaß Jane Collins die Schmerzen und schaute nach vorn schräg in die Tiefe.

Selbst die Kühle der Nacht hatte die laue Frühlingsluft des Tages nicht vertreiben können. Der Geruch von Blüten drang in ihre Nase und schien aus dem bunten Lichtermeer der Millionenstadt zu steigen, das wie ein riesiges, von einem Künstler geschaffenes Mosaik wirkte.

Wie helle Sternenbahnen glänzten die Peitschenleuchten auf den breiten Avenues und Boulevards, und der hinter dem Lichtermeer liegende Ozean sah aus wie eine blaue Schicht, auf der einige Lichter tanzten, die wie ein Gruß aus einer fernen geheimnisvollen Welt wirkten.

Einer Welt, die jenseits alles Irdischen lag.

Irdisch war jedoch der Schmerz in ihren Armen. Janes Handgelenke steckten in einem eisernen Ring, der das Ende eines aus einem Fenster ragenden galgenartigen Flaschenzugs bildete.

Sie ließen Jane leiden.

Wie Tiere waren sie über sie hergefallen, hatten sie an den Flaschenzug gebunden und aus dem Fenster dicht an der Hauswand baumeln lassen!

Der Teufel hatte die Jagd auf die ehemalige Hexe freigegeben und zum tödlichen Halali geblasen. Diese Tatsache hatte Jane Collins in den letzten Tagen und

Wochen zu spüren bekommen. Frisco war für sie zu einem großen Gefängnis geworden.

Aber sie hatte es nicht anders gewollt. Aus freien Stücken hatte sie sich von John Sinclair getrennt, weil sie ihren Weg allein gehen wollte. Die Warnungen des Geisterjägers hatte sie in den Wind geschlagen, und sie wollte auch nicht mehr an ihren Feind, den Teufel, denken.

Er war ihr Feind geworden, nachdem sie ihm lange gedient hatte. Ebenso wie die Oberhexe Wikka, aber das war vergangen; es gab keine Wikka mehr, sie war, in einer magischen Feuerschlinge hängend, verbrannt, und der Teufel hatte Jane Collins die Schuld an Wikkas Ende gegeben.

Er hatte sie gnadenlos gejagt und durch einen seiner Diener in Paris erwischt. Ihr, der ehemaligen Dienerin der Hölle, war zur Strafe das Herz entfernt worden.

Jane lebte trotzdem weiter, denn sie hatte den Würfel des Unheils an sich nehmen können, diesen geheimnisvollen, mit magischer Energie geladener Quader, um den es so viele Kämpfe gegeben hatte.

Der Würfel hatte ihr dann ein Weiterleben ohne Herz erlaubt! Jane Collins wollte aber nicht ewig von dem Würfel abhängig sein. Deshalb ließ sie sich ein Kunstherz einpflanzen.

Das hatte geklappt, trotz mörderischer Störmanöver aus der Hölle. Jane konnte weiterleben, mit einem Herzen aus Aluminium, und sie war wieder ein normaler Mensch.

War sie das wirklich?

Wie oft hatte sie an den Abend zurückgedacht, als sie John Sinclair in dem kleinen Lokal gegenübersaß und ihm erklärte, daß sie sich von ihm trennen wollte.

Sie mußte einfach weg. Zuviel war in der Zwischenzeit geschehen. John war seinen Weg gegangen, sie ihren, und es konnte einfach nicht mehr so werden, wie es einmal gewesen war.

Das hatte der Geisterjäger einsehen müssen, und sie war gegangen, trotz seiner noch zuletzt ausgesprochenen Warnungen, denn Sinclair rechnete fest damit, daß der Teufel nach wie vor schlimme Rachegedanken hegte. Wer ihn verriet, den verfolgte er bis an dessen Lebensende. Er würde ihn quälen, martern und langsam töten, das wußte Jane inzwischen sehr gut.

Zudem hatte sie einen Fehler gemacht, wie sie sich im nachhinein eingestand. Sie hätte sich jede Stadt in der Welt aussuchen können, aber sie war in diesem Schmelztiegel Frisco geblieben, wo zahlreiche Sonderlinge wohnten und im Untergrund hin und wieder eine gefährliche Subkultur aufblühte.

Frisco war eine magische Stadt. Eine Stadt der Rituale. Ost und West verschmolzen miteinander. Eine jede Philosophie hatte ihre Spuren hinterlassen, und im verborgenen blühten die extremen Auswüchse. Die Zeit der Blumenkinder war vorbei, ein neues Gefühl breitete sich aus. Zwar flüchtete man noch immer in den Drogenrausch, aber gefragt waren keine Blumen, sondern Magie.

Jane Collins, die ehemalige Hexe, hatte es förmlich gespürt, daß sie in einem wahren Hexenkessel gelandet war. Überall sah, entdeckte und spürte sie die Anzeichen dieser magischen Entladung. Egal, wo sie hinging. Ob Jane durch die alten Gassen des Chinesenviertels strich oder in die Kolonien der Hippies und Minderheiten spazierte, nie vergaß sie die Blicke, die ihr manche Frauen zuwarfen, wenn sie an ihnen vorbeiging.

Das war wie ein Funke, der hin und wieder übersprang, und Jane hatte genau gespürt, wer mit den schwarzmagischen Kräften paktierte und wer »sauber« war.

Trotzdem hatte sie die Stadt nicht verlassen.

Einen Grund konnte sie nicht nennen. Sie schwebte in einer permanenten Gefahr, und sie hatte auch gespürt, daß sich diese Gefahr immer mehr verdichtete, bis es zur Eskalation kam und Jane Collins in die Falle lief. Es waren die weißen Hexen von Frisco!

Weiß deshalb, weil sie ihre Gesichter so hell schminkten und die Konturen ihrer Augen mit Menschenblut nachzeichneten. Diesen Hexen, die ihre Spioninnen über ganz Frisco verteilt hatten, entkam niemand. Auch Jane hatte es nicht geschafft. Sie war gefangengenommen und in dieses einsam stehende Haus geschleppt worden, wo sie leiden sollte.

Man hatte sie nicht gefoltert, denn damit hatte sie gerechnet, als man ihr die Kleider vom Leib riß und Jirica, die Anführerin der weißen Hexen, sie so gnadenlos aus ihren mit Blut umzeichneten Augen angeschaut hatte. »Nein«, hatte sie dann gesprochen, »wir machen es anders, ganz anders.«

Jetzt hing Jane aus dem Fenster und am Galgengerüst des Flaschenzuges. Der warme Wind strich über ihren nackten Körper und erzeugte dennoch auf der Haut einen nicht gelinden Schauer. Unter ihr befand sich eine Tiefe, die von einer blauschwarzen Dunkelheit verhüllt war und deshalb so bodenlos wirkte. Was sich auf oder an deren Grund befand, konnte Jane nicht erkennen. Vielleicht war es auch eine Schlucht, in der die Gebeine der Hexenopfer allmählich bleichten.

Über dem Galgenfenster befand sich noch eine kleine Luke. Kaum so groß, daß jemand hindurchklettern konnte, aber Jane hatte hin und wieder die Stimme gehört, die mit ihr sprach.

Man verhöhnte und verfluchte sie. Man sprach von den Qualen des Teufels, von der ewigen Verdammnis und von einer schlimmen körperlichen Marter.

Wie lange Jane Collins bereits in den Fesseln hing, wußte sie nicht zu sagen. Über dem Kopf lagen die Hände zusammen und bildeten den Abschluß eines spitzen Dreiecks. Das Ziehen in ihren Armen hatte sich zu einem beißenden Schmerz gesteigert, den sie auch nicht mehr ignorieren konnte, und sie mußte hin und wieder aufstöhnen, um sich ein wenig Linderung zu verschaffen.

Wie lange wollten die anderen sie so hängen lassen? Die Nacht über? Das würde sie kaum überstehen.

Es hatte auch keinen Sinn, sich weitere Vorwürfe zu machen. An ihrem Dilemma war sie selbst schuld.

Sie kam sich jetzt schon wie tot vor, während unter ihr in der Stadt das Leben pulsierte, die Lichterketten in ihrer bunten Vielfalt glühten und sich die Menschen auf verschiedene Arten amüsierten.

Frisco war eben etwas Besonderes.

Für die einen der Himmel auf Erden, für die anderen wurde diese Stadt zu einer Hölle.

»Hallo, Jane!«

Die blonde Frau zuckte nicht einmal zusammen, als sie die Stimme vernahm, die über ihr aus der kleinen Fensterluke aufgeklungen war. Jane wußte auch, wer gesprochen hatte.

Es war Jirica, die Chefin des Hexenclans. Ihre leicht kratzende und gleichzeitig sinnliche Stimme war einfach nicht zu verwechseln. Jirica gehorchten alle, denn die übrigen wußten, daß sie schon mit dem Satan gebuhlt hatte. Und er war es auch gewesen, der ihrem Körper eine nahezu überirdische Schönheit gegeben hatte, die allerdings so falsch und vergänglich wie Katzengold war, wenn der Teufel sie nicht mehr benötigte.

Auf die Schönheit kam es nicht an, sondern auf den Menschen. Das jedoch hatte die Hölle noch nie interessiert.

»Hast du mich nicht gehört, Jane?«

»Doch . . .« Sie mußte krächzen, da es ihr schwerfiel, überhaupt ein Wort über die Lippen zu bringen.

Jirica lachte, als sie das vernahm. »Ja, es geht dir schlecht. Das sehe ich nicht nur, das höre ich sogar. Aber denke daran, daß du selbst die Schuld an deinem Schicksal trägst.«

»Ich habe euch nichts getan.«

»O, wie kannst du das nur sagen! Du hast Wikka verraten und damit auch unseren Meister, den Teufel. Er hatte Wikka als Führerin der Hexen eingesetzt. Er wollte alle auf der Welt lebenden Hexenschwestern vereinigen, du hast ihm einen Strich durch die Rechnung gemacht, und so etwas verlangt nach Rache.«

Jane Collins war fast am Ende.

Nur deshalb stieß sie den nächsten Satz hervor. »Dann tötet mich doch!«

»Nein, das werden wir noch nicht!«

»Wollt ihr mich länger quälen?«

»Es kommt auf dich an!«

Abermals fuhr ein Windstoß herbei und strich über Janes nackten Körper. Sie hatte dabei das Gefühl, von zärtlichen Fingerkuppen berührt zu werden. »Wie hast du die letzte Antwort gemeint?« fragte Jane.

Jirica lachte leise. Auch dieses Lachen war so typisch für sie. Es klang wissend, siegessicher und gleichzeitig auch hämisch. »Wir wollen nur von dir eine Auskunft, ehemalige Schwester.«

»Ich weiß nichts!«

Obwohl Jane nicht wußte, um was es ging, lehnte sie schon von vornherein ab. Zudem hatte sie festgestellt, daß ihre Lage doch nicht so schlecht war, denn die anderen wollten etwas von ihr.

»Natürlich weißt du etwas!« hielt man ihr entgegen. »Du weißt sogar sehr viel.« Die rauhe Stimme schien von oben her auf den Kopf der Detektivin zu fallen, Und sie fragte: »Was wollt ihr von mir?«

»Den Stein!«

Mit dieser Antwort hatte Jane nicht gerechnet. »Von welch einem Stein ist die Rede?« Es fiel der blonden Frau immer schwerer, sich zu konzentrieren. Der Schmerz in ihren Schultergelenken wurde unerträglich. Zudem hatte sie das Gefühl, gleichzeitig noch Druck in den Achselhöhlen zu bekommen, und ihr war klar, daß sie das Gespräch irgendwann beenden mußte, sonst hielt sie es nicht mehr aus.

»Erinnere dich an den Hexenstein!«

Nur diesen einen Satz sagte die Chefin der weißen Hexen, und Jane wußte augenblicklich Bescheid. Der Fall lag schon etwas länger zurück und hatte sie in den Sumpf und die alte Ruine des Schlosse Blackmoor geführt. Damals hatte sie gemeinsam mit Wikka den geheimnisvollen Hexenstein gesucht, ihn auch gefunden, nur war er anschließend wieder in den Sumpf geworfen worden. Der Stein galt als gefährliche Waffe. Wer ihn besaß, der wurde mächtig, denn er konnte durchaus Energien aus dem Stein schöpfen und sie anschließend umsetzen.

Wikka hätte den Stein gern zurückgehabt. Es war stets ihr großer Wunsch gewesen, aber er lag tief im Sumpf, und freiwillig würde das Moor ihn nicht mehr hergeben, das stand fest. Wikka war nicht mehr dazu gekommen, sich auf die Suche nach dem Stein zu machen, die feurige Schlinge hatte ihrer Existenz ein Ende gesetzt, doch das Wissen um den Stein geisterte nach wie vor durch die Köpfe der Hexen, und auch Jirica hatte davon erfahren. Asmodis mußte ihr dies eingeflüstert haben, denn auch er wußte, daß Jane Collins damals dabei gewesen war, als der Stein im Sumpf verschwand.

Vieles war seitdem geschehen. Sie befand sich Tausende von Meilen vom Ort des Geschehens entfernt. Wie sollte sie je an den Stein herankommen?

»Du überlegst?« fragte Jirica.

»Ja!« ächzte Jane.

»Das ist für mich ein Zeichen, daß du über ihn Bescheid weißt. Du wirst mir jetzt genau sagen, wie ich den Stein finden kann. Weigerst du dich, vernichten wir dich.«

»Der Stein befindet sich nicht in meiner Hand.«

»Das weiß ich selbst. Wo ist er? Wie kommen wir an ihn heran?«

Jane sah ihre Chance. »Gut, ich kann euch etwas erzählen, aber laß mich bitte frei!«

»Frei?« Jirica wiederholte das eine Wort und fügte ein hämisches Lachen hinzu. »Wie käme ich überhaupt dazu, dich freizulassen. Nein, du wirst mir alles berichten, während du in der Schlinge hängst . . .«

»Das werde ich nicht tun!«

Jirica ließ sich nicht beirren. »Es ist mir egal, ob du das tun willst. Ich gehe keine Kompromisse ein. Weißt du eigentlich, wie man uns Hexen im ausgehenden Mittelalter behandelt hat? Wie man uns folterte, quälte. Welch widerliche Methoden sich die Menschen ausdachten?«

»Ich kenne das.«

»Dennoch will ich über eine Methode mit dir reden. Du kennst das Teeren und Federn. Ich kann darauf zurückgreifen. Dir wird es überhaupt nicht gefallen, von dem heißen Pech übergossen zu werden. Zwei Hexenschwestern rühren das Pech bereits an. Es dampft bereits!«

»Dann wirst du nie etwas erfahren!«

»Das glaubst du nur. Wenn ich dir den ersten Guß über den Körper schütte, sieht alles ganz anders aus. Du wirst schreien und jammern. Du wirst mich anflehen, dir zuzuhören, und du wirst alles über den Hexenstein berichten. Wenn man dir den kleinen Finger reicht, nimmst du gleich die ganze Hand. Das wissen wir sehr genau. Aus diesem Grunde lassen wir dich auch hängen. Warte noch eine Minute. So lange hast du Zeit, es dir zu überlegen.«

Die Stimme verstummte. Jane Collins war wieder mit sich und ihren Gedanken allein. Sie hing in der Schlinge, ihre Arme waren so gut wie überhaupt nicht mehr zu spüren. Auch hatte sie das Gefühl, keine Schultern mehr zu besitzen, sondern schmerzende Inseln, die den wütenden Schmerz abstrahlten. Sie wollte ihn zurückdrängen und sich auf die Probleme konzentrieren, die vor ihr lagen, doch das war nicht mehr möglich.

Der Hexenstein und alles, was mit ihm zusammenhing, war plötzlich uninteressant geworden. Jane dachte nur noch an ihr eigenes Leid.

Auch wenn sie geredet hätte, viel konnte sie der anderen nicht sagen. Der Stein lag im Sumpf. Er war verschwunden, verschluckt, versunken, aber er besaß eine gewaltige Machtfülle. Wer ihn holen wollte, mußte es mit Magie versuchen, und selbst der Teufel schien dabei zu scheitern, denn der Stein war auch unberechenbar. An Wikkas magischen Verbrennungen trug er die Schuld.

Jirica kehrte zurück. Jane sah und hörte sie nicht, sie roch nur etwas.

Es war ein ätzender und rauher Gestank, den der Wind gegen sie wehte. Jirica hatte nicht gelogen. Tatsächlich war es das heiße Pech, das diesen Gestank verbreitete.

»Es ist soweit, Jane! Willst du reden?«

»Ich weiß nichts . . .«

Jiricas Lachen unterbrach sie. »Tut mir leid, kleine, ehemalige Freundin. Jetzt greifen wir zu härteren Mitteln . . .«

*

Yakup Yalcinkaya hatte dem Geisterjäger John Sinclair versprechen müssen, in San Francisco ein Auge auf die ehemalige Hexe zu halten, und das war verdammt schwer gewesen. Zudem hatte Yakup noch andere Dinge zu erledigen. Er mußte sich um den Innenausbau des Klosters kümmern, das er leitete.

Selbst der junge Türke sah ein, daß ihn diese Aufgabe überfordert hatte, und so gab es für ihn eigentlich nur eine Lösung.

Um dem Job gerecht zu werden, mußte er einen Helfer einspannen. Und den fand er in einem fünfzehnjährigen Waisenkind aus Marokko. Der Junge hieß Ali, war ein verdammt cleverer und lernbegieriger Lehrling, der sich in den letzten Wochen bereits zu einem Helfer entwickelt hatte, auf den man sich verlassen konnte.

Nicht allein das. Es war auch möglich, ihn mit anderen Aufgaben zu betreuen.

So hatte er es übernommen, Jane Collins im Auge zu behalten. Er wußte genau, wo die blonde Frau sich ein Zimmer genommen hatte. Häufig überwachte er sie, schlich ihr nach, wenn sie spazierenging und hatte die Entführung trotzdem nicht verhindern können. Aber er hatte den Wagen gesehen, in dem Jane Collins abtransportiert worden war.

Ein knallroter Mustang!

Damit hatte Ali etwas anfangen können. Telefonisch gab er Yakup Bescheid, der ebenfalls nicht faul war und die Leute alamierte, die er kannte. Es gab in Frisco genügend Spitzel, die er einsetzen konnte. Die Mönche des Klosters hatten zu zahlreichen Asiaten Kontakt, und deren Augen waren nicht nur gut, sondern überall. Wenn sie wollten, blieb ihnen nichts verborgen. Ein roter Ford Mustang mußte einfach gefunden werden.

Er wurde auch gefunden. Am Stadtrand, wo die Häuser der Wohlhabenden standen.

Natürlich war zwischen der Entführung und der Entdeckung des Wagens Zeit vergangen. Die anderen hätten Jane ohne weiteres töten können, doch daran wollte Yakup nicht so recht glauben. Er hatte keine Beweise, handelte rein gefühlsmäßig.

Und er wollte Jane rausholen.

Nur Ali hatte er mitgenommen. Der Junge sollte im Geländewagen warten und so rasch wie möglich wegfahren, wenn es nötig wurde. Autofahren konnte Ali ganz gut.

»Mach ich, Yakup.«

Der Türke, ein Meister der Kampfsportarten, verließ das Fahrzeug und tauchte sofort in den dunklen Schatten einer Mauer, wo er stehenblieb, den Rand packte und sich geschmeidig in die Höhe schwang. Schon bald lag er auf der Mauerkrone. Er machte sich klein, zog Arme und Beine an, so daß er wie eine Katze wirkte, die sich zum Sprung geduckt hatte.

Im nächsten Moment war er verschwunden. Weich landete er an der anderen Mauerseite. Seine Füße versanken in der weichen Gartenerde. Blütenduft wehte ihm entgegen.

Yakup bewegte sich durch den verwilderten Garten. Er gehörte zu dem Haus, in dem Jane Collins gefangengehalten wurde und das jenseits des Gartens lag, am Rand der Klippen. Nicht das Meer lag dahinter, sondern eine tiefe Schlucht, denn dort hatte die Natur aus einer Laune heraus einen Canyon gebildet.

Yakup trug keine Kampfkleidung. Er hatte darauf bewußt verzichtet, denn nicht als Ninja war er unterwegs, sondern als normaler junger Mann, der jemand retten wollte.

Trotzdem hatte er sich gut ausgerüstet. Auf Schußwaffen konnte er verzichten. Pistolen, Revolver, Gewehre oder Maschinenpistolen waren nichts für ihn. Er verließ sich auf seine Fäuste und die Waffen, die es schon im Altertum gegeben hatte:

Schwerter, Lanzen, Messer, Wurfsterne . . .

Damit konnte Yakup hervorragend umgehen, aber er setzte sie nur in Notwehr ein, denn das hatte man ihm anerzogen. Waffen waren da, um sich zu verteidigen.

Diesmal hatte er noch etwas Besonderes mitgenommen. Ein dünnes, aber sehr strapazierfähiges Seil, das er sich um die Schulter gehängt hatte.

Seine Schritte waren kaum zu hören, als er den Garten durchquerte. Stets mußte er bergauf laufen und sich durch manchmal dichte dschungelartige Büsche schlagen.

Yakup war ein vorsichtiger und mißtrauischer Mann, sonst hätte er nicht überleben können. Er achtete auf Fallen, denn in diesem Gelände ließen sie sich prima verstecken, daß sie praktisch nicht oder erst zu sehen waren, wenn es zu spät war.

Stolperdrähte, Fangeisen, Minen, Yakup rechnete mit allem und war froh, bisher nichts gefunden zu haben.

Kein Licht brannte. Dennoch war es nicht zu dunkel, da die Gestirne am Himmel ihren blassen Schein auf die Erde werfen konnten. Yakup erlebte eine wunderschöne Frühlingsnacht, aber er wußte auch, wie schnell sich das ändern konnte und die Ruhe der Nacht von einem höllischen Inferno aufgerissen wurde.

Da er sich bei Tageslicht den Garten nicht genau

hatte ansehen können, mußte er sich einfach auf sein Glück verlassen. Und das blieb ihm hold. Der Junge Türke hatte sich nach links gewandt. Er wollte von der Seite her an das für ihn noch nicht sichtbare Haus heran und war überrascht, als er plötzlich vor einer breiten Treppe stand, die in einem nach rechts geschwungenen Halbkreis in die Höhe führte.

Wieso?

Yakup stand geduckt vor der untersten Stufe und konzentrierte sich. Die Treppe kam ihm nicht geheuer vor. Sie konnte durchaus eine Falle sein, deshalb diese Vorsicht. Er war nicht langsam, Yakup konnte von einem Augenblick zum anderen buchstäblich explodieren, doch er hielt sich zurück, wenn er eine Falle witterte.

Zu erkennen war er kaum. Es mußte schon jemand sehr genau hinschauen, um seinen geduckten Körper zu entdecken, der neben einem Hibiskusstrauch mit dem Schatten eine Einheit bildete.

Es war alles normal.

Zwar umgab ihn keine Stille, nach wie vor zirpten Grillen, aber er hatte ein Rascheln vernommen, das ihm nicht geheuer war. Dieses Geräusch konnte auch von einem Tier oder einem Menschen stammen. Diese Ungewißheit gefiel dem Türken nicht.

Schlich noch jemand außer ihm durch den Garten?

Nach einer Minute konzentrierten Lauschens hatte er noch immer keine Gewißheit bekommen, aber er wollte seine Aufgabe zu Ende bringen und löste sich aus der Strauchdeckung.

Wieder ging er federnd voran. Kaum ein Geräusch verursachte er. Dieses lautlose Gehen mußte man lernen, und Yakup beherrschte es.

Die Treppe bestand aus Stein. Sie paßte in ihren Ausmaßen zu einem hochherrschaftlichen Gebäude, dessen Umrisse der Türke erst sah, nachdem er einige Stufen höher gegangen war.

Ein ziemlich kompaktes Gebäude, das weißlich schimmerte sowie von dichtem Pflanzenwuchs umgeben war.

Geschmeidig lief er höher. Er schien bei jedem Schritt die Stufen kaum zu berühren, so elegant ließ er die Treppe hinter sich.

Dabei lauschte er, konzentrierte seine Sinne, und das war gut so, denn wieder vernahm er das Geräusch.

Diesmal war es nicht so weit entfernt, allerdings über ihm, und er hatte es auch identifizieren können.

Es war ein Tappen gewesen.

Das Tappen von Pfoten . . .

Yakup blieb erst stehen, nachdem er den Halbbogen der Treppe überwunden hatte und nur mehr wenige Stufen vor ihm lagen.

Die Treppe mündete vor dem Haus auf einem kleinen freien Platz. Von dort aus waren es bis zur Tür nur wenige Schritte.

An der rechten Seite wurde der Platz von einer Mauer aus dichten Büschen eingerahmt, deren Blätter sich im durchstreichenden Nachtwind zitternd bewegten und manchmal wie silberne Taler glänzten, wenn sie vom Mondlicht getroffen wurden.

Etwas störte den Türken.

Es war das kalte bewegungslose Glänzen, das zwischen den Büschen zu erkennen war. Schräg stehend und gelblich schimmernd. Zwei gefährliche Punkte, die an Augen erinnerten. An die Augen einer Katze.

Yakup Yalcinkaya dachte an das Tappen der Pfoten. Hatte ihn tatsächlich eine Katze verfolgt?

Es war eine, eine verdammt große, denn mit einem anmutig wirkenden Satz verließ das Tier seine Dekkung und stand plötzlich dicht vor der obersten Stufe.

Ein großer schwarzer Körper mit einem Kopf, der wesentlich größer als der einer Katze war.

Panther besaßen einen solchen Schädel.

Und genau das war es.

Vor Yakup stand als Wächter ein schwarzer Panther!

Auch der Türke zeigte sich erschreckt, aber er reagierte nicht in Panik. Andere Menschen wären gerannt, er blieb für einen Moment stehen, bevor er rollend die Schultern bewegte, um deren Geschmeidigkeit zu überprüfen. Für ihn stand fest, daß er an einem Kampf nicht vorbeikam, und auch der Panther schien es zu ahnen. Zudem war er darauf abgerichtet, Fremde vom Haus fernzuhalten, und diese »Arbeit« erledigte er auch.

Für einen Moment peitschte sein Schwanz wie ein dicker schwarzer Schlauch auf den Boden, dann sprang er.

Yakup zog keine Waffe. Er wollte dem Tier nicht die Kehle durchschneiden, denn er besaß eine ungeheure hohe Achtung vor allem, was die Natur geschaffen hatte.

Er verließ sich auf seine Körperkraft, sein Reaktionsvermögen und seine ebenfalls pantherhafte Geschmeidigkeit. Nur von den messerscharfen Krallen mußte er sich in acht nehmen. Die konnten tiefe Wunden reißen, und auch die Zähne des Raubtiers schafften es leicht, einem Menschen den Hals durchzubeißen.

Das Tier wurde zu einem Schatten. Es hatte den Sprung gut angesetzt, und Yakup blieb auf der Treppenstufe zudem wenig Platz, um ausweichen zu können.

Das Tier wuchs.

Seine Augen wurden zu gelben Sicheln, das Maul stand weit offen, und der Atem fauchte dem Türken entgegen.

Er wich aus.

Zwar kam er sich nicht gerade vor wie Tarzan, aber so ähnlich. Und er hatte sich erst im letzten Moment zur Seite bewegt, um gleichzeitig mit der linken Hand zuzuschlagen.

Es war ein Hieb, der in keinem Lehrbuch steht. Diejenigen, die ihn beherrschten, gaben ihn nur flüsternd an Vertrauenspersonen weiter.

Mit einem Sack Zement hätte er nicht wuchtiger zuschlagen können, und Yakup traf dort, wo er hatte treffen wollen. Seine stahlharte Hand versenkte er im dichten Fell des Raubtiers, das bei dem Treffer ein Geräusch ausstieß, das an das schrille Miauen einer Hauskatze erinnerte, bevor sie drei Stufen hinter Yakup zu Boden sank und erst einmal liegenblieb.

Mit hochgerissenen Armen und schlagbereiten Händen fuhr der Türke auf der Stelle herum. Er glich einem Ballettänzer, so geschmeidig bewegte er sich, schaute auf die Katze, die sich vergeblich bemühte, wieder auf die Beine zu kommen. Das Tier bekam keinen Halt und rollte fast die gesamte Treppe hinunter.

Erst auf der drittletzten Stufe blieb es liegen, wobei die ausgestreckten Vorderpfoten noch einmal zuckten, bevor der Körper endgültig ruhig lag.

Etwas Unwahrscheinliches war geschehen. Yakup Yalcinkaya hatte diese Tier mit einem Schlag außer Gefecht gesetzt und es dabei nicht getötet, dessen war er sicher.

Er schaute auf seine rechte Hand, bewegte sie, drehte sie und nickte zufrieden, als er feststellte, daß sie den Treffer überstanden hatte.

So genau hatte er es sich gewünscht und auch bekommen. Er glaubte nicht daran, daß noch ein weiterer Wächter auf ihn lauerte und erreichte mit wenigen lautlosen Schritten die Hauswand, wo er sich nicht aufhielt, sondern bis zur Tür vorging. Er hatte auch gesehen, weshalb diese breite Treppe gebaut worden war. Sie mußte einfach einen steilen Felshang überwinden, auf dessen höchster Stelle das Haus gebaut worden war.

Ein Haus, das Ruhe ausstrahlte.

Yakup ließ sich nicht täuschen. Diese Ruhe konnte trügerisch sein, und er suchte nach einer Möglichkeit, ungesehen das Gebäude zu betreten.

Die Tür war stabil gebaut. Er würde es nicht schaffen, sie zu öffnen, ohne daß er Lärm oder Geräusche verursachte. Vielleicht sah es an der Rückseite anders aus, und Yakup machte sich auf den Weg.

Er hatte die Breitseite kaum erreicht und für einen Augenblick den Ausblick genossen, als der Wind Stimmen an ihn herantrug.

Sofort blieb er stehen.

Frauenstimmen hörte er.

Yakup konzentrierte sich nur auf die Stimmen, und er glaubte auch, eine davon zu kennen.

Sie gehörte Jane Collins!

Demnach war er richtig.

Yakup blieb vorsichtig. Während er die Umgebung im Auge behielt, schob er sich weiter vor und lauschte gleichzeitig nach vorn, da er hören wollte, was gesprochen wurde.

Er bekam Worte und Satzfetzen mit. Und er stellte auch fest, daß die Stimme der blonden Jane so verändert klang. Nicht normal, sondern ächzend, als würde die Frau unter einem ungemein großen Druck stehen.

Das kantige Gesicht des Türken wurde noch härter. Sollten die anderen etwa versucht haben, Jane zu foltern? Oder waren sie noch dabei, ihr körperliche Schmerzen zuzufügen?

Yakup ging schneller. Er spürte jetzt den Wind und

sah links vor sich den steilen Abhang. Das Haus war tatsächlich auf einem Felsplateau gebaut worden. Seine Rückseite schloß direkt mit der Felswand ab, deshalb kam Yakup nicht an sie heran.

Er mußte stehen bleiben.

Und er hörte sie sprechen.

Leider konnte er nicht so nahe heran, daß er Worte verstanden hätte. So wartete er ab und versuchte die Dunkelheit mit seinen Blicken zu durchforsten.

Zuerst fiel ihm der Schatten auf. Es war nicht der Umriß eines Baumes oder eines anderen Gewächses, dafür befand er sich einfach zu dicht an der Hauswand und fiel zudem langgestreckt nach unten.

Der Schatten war oben dünner als unten, und Yakup ging einen weiteren Schritt zur Seite, um ein besseres Blickfeld zu haben.

Er zuckte nicht einmal zusammen, als er das Bild sah, so gut hatte er sich in der Gewalt, aber er erkannte deutlich, daß es sich bei dem Schatten um einen Menschen handelte.

Sogar um eine Frau.

Jane Collins!

Sie hing an einem galgenähnlichen Gegenstand, der aus einer Öffnung in der Mauer ragte. Deshalb gut zu erkennen, da auch diese Mauer an der Rückseite einen hellen Anstrich zeigte und die dunklen Öffnungen der Fenster sich ziemlich deutlich abhoben.

Yakup stand unbeweglich und beobachtete nur. Er litt mit Jane Collins, konnte aber noch nichts für sie tun, weil es ihm einfach nicht möglich war, an sie heranzukommen. Unter ihren nackten Fußsohlen breitete sich eine schier endlose düstere Tiefe aus.

Yakup sah auch die Person, mit der Jane Collins gesprochen hatte. Sie schaute aus einer Öffnung über dem Kopf der Detektivin hervor und redete voller Haß.

Der Türke hatte etwas von einem Hexenstein gehört und auch davon, daß Jane Informationen über ihn geben sollte. Dazu war sie entweder nicht in der Lage oder einfach nicht willens. Es spielte auch keine Rolle, denn die andere war bereit, Jane Collins mit heißem Pech übergießen zu lassen.

Das wollte Yakup verhindern.

Aber wie, wenn er zu weit entfernt stand und zwischen ihm und der Frau ein Abgrund befand?

Er überlegte, behielt das Fenster über Jane im Auge und hörte die Stimme der anderen.

»Hol den Eimer und gieß ihn aus!«

Deutlicher konnte man einen Befehl nicht mehr aussprechen. Yakup Yalcinkaya wußte auch, daß es nun auf Sekunden ankam und er nicht mehr lange zögern konnte.

Er überlegte, welche Waffen er einsetzen sollte. Das Seil besaß an seinem Ende einen Krallhaken. Leider war die Mauer zu glatt, er würde keinen Halt finden. Höchstens in der Fensteröffnung. Doch dafür reichte die Zeit einfach nicht, da es nicht sicher war, ob es Yakup schon mit dem ersten Wurf schaffte.

Er mußte es anders versuchen.

Sein Schwert hatte er nicht mitgenommen, dafür trug er zwei schmale messerartige Kampfschwerter bei sich, die rechts und links in seinem Gürtel steckten.

Und die Wurfsterne.

Es gab nur wenige Menschen, die damit perfekt umgehen konnten. Yakup gehörte zu ihnen. Man mußte schon die Ausbildung eines Ninja haben, um mit diesen ein Ziel zu treffen. Allzu leicht drifteten sie nach dem Wurf ab. Ninja hatten diese Waffe vor ungefähr 300 Jahren erfunden.

Die Wurfsterne steckten in einem kleinen Lederbehälter, den Yakup ebenfalls an seinem Gürtel befestigt hatte. Jetzt öffnete er die Tasche, indem er die Kordel auseinanderzog. Seine Finger verschwanden in dem Behälter und kamen mit einem Wurfstern wieder hervor.

Yakup schaute sehr genau. Die innerliche und auch äußerliche Ruhe, die ihn umfaßt hielt, war schon bewundernswert. Seinem Gesicht war es nicht abzulesen, welche Gefühle ihn beherrschten und daß er durch seine Aktion praktisch alles auf eine Karte setzen mußte. Leistete er sich einen Fehlwurf, war auch Jane Collins höchstwahrscheinlich verloren.

Yakup schaute auf das Fenster über der bloßen Frauengestalt, da sich dort etwas tun mußte. Dabei schwang er den rechten Arm vor und zurück, wie beim Training. Yakup lauerte auf eine Bewegung.

Noch blieb die Öffnung dunkel ...

Nicht einmal Schweiß fühlte der Türke auf seinen Handflächen, so ruhig und konzentriert war er.

In der viereckigen Fensteröffnung entstand Bewegung. Es war noch nichts Genaues zu erkennen, Yakup mußte warten, dann sah er zwei Arme, die sich aus dem Fenster schoben. Die Hände hielten etwas fest. Einen kleinen dunklen Holzbottich. Sogar den Dampf konnte der lauernde Türke erkennen, der über der Oberfläche des Bottichs schwebte.

Auch eine Schulter war zu sehen, dann ein Kopf, und er hörte, wie die befehlsgewohnte Stimme im Innern des Zimmers aufklang. »Sie hat es nicht anders gewollt, jetzt wird sie es büßen. Kipp noch nicht alles aus, ich will sie noch schreien hören.«

Yakup stand wie ein Denkmal. Den rechten Arm zurückgedrückt. Der Wurfstern lag in der flachen Hand. Er wußte, wie er ihn werfen würde. Flach angesetzt, dabei leicht angeschnitten, so daß er einen Bogen schlug und von unten her das Ziel treffen konnte.

Wenn alles klappte.

Die Gestalt im offenen Fenster bewegte sich. Sie war ebenfalls eine Frau, eine Hexe und wollte den Eimer kippen.

Yakup hörte das angstvolle Stöhnen der Detektivin, und das war für ihn das Startzeichen.

Wie ein blitzender Stern wirkte das Wurfgeschoß, als es die Hand des Türken verließ und haargenau den Weg beschrieb, den sich Yakup ausgerechnet hatte.

Ein Beweis dafür, wie groß sein Können war.

Yakup sah, wie der Wurfstern an Jane Collins vorbeiwischte und im nächsten Augenblick das Ziel traf.

Es war das Gesicht der Hexe!

Plötzlich hörte Yakup einen Schrei. Für einen Moment sah es so aus, als würde der Eimer letztendlich noch gekippt. Das geschah zum Glück nicht, denn die Hexe taumelte zurück und verschwand mitsamt dem Eimer in dem Zimmer.

Yakup hörte ihr schreckliches Schreien, um das er sich nicht kümmerte, denn nun nahm er die zweite Phase seines Befreiungsplans in Angriff . . .

*

Nicht umsonst hatte Yakup Yalcinkaya das dünne Seil mitgenommen, und er mußte die Aufregung der anderen ausnutzen, sonst würde auch er es kaum schaffen.

Das zusammengerollte Seil mit dem Krallhaken als Ende rutschte so leicht von seiner Schulter, als wäre es mit Fett oder Öl eingerieben worden. Kaum hatte es die offenen Hand des Türken berührt, als Yakup es auch schon auseinanderdrehte und mit seiner rechten Hand das dünne Seil dicht unter dem Haken faßte.

Schon zwei Sekunden später vollführte Yakup die schleudernden Bewegungen und ließ einen Lidschlag später los. Wieder mußte er haargenau zielen und auch treffen.

Er schaffte es.

Der Krallhaken bekam genau dort Halt, wo aus dem Fenster der waagerechte Balken des »Galgen« stach, an dessen Ende der Flaschenzug hing. Durch Rucken überprüfte Yakup die Festigkeit, war zufrieden, umfaßte das Seil mit beiden Händen und lief die wenigen Schritte auf den Abgrund zu.

Im nächsten Moment trat er ins Leere und wäre gefallen, hätte er sich nicht festgehalten. So aber schwang er über den Abgrund hinweg und kam sich in dem Augenblick hilflos vor, denn jetzt hätte man ihn erwischen können.

Das geschah nicht. Wahrscheinlich waren die Hexen noch zu sehr geschockt, und Yakup sah die helle Hauswand rasend schnell näher kommen, nachdem er Jane passiert hatte.

Er machte in der Luft schwebend sein rechtes Bein lang und prallte mit dem ausgestreckten Fuß zuerst gegen die Hauswand, so daß er den großen Schwung auffangen konnte, sich noch drehte, um anschließend mit der Schulter gegen die Wand zu prallen.

Den Stoß verdaute er leicht, legte den Kopf in den Nacken und erkannte, daß er an seinem Seil nicht mehr allzu weit in die Höhe klettern mußte, um das Ziel zu erreichen.

Er brachte seinen Körper in eine Schräglage, streckte die Beine aus und kletterte höher, indem er sich beim Gehen mit den Füßen abstützte.

Seine Bewegungen erinnerten an die Geschmeidigkeit eines Panthers. Er hörte Jane sprechen, verstand sie nicht, da er aus dem offenen Fenster über sich das schrille Kreischen der Hexen vernahm.

Obwohl der Galgen aus der Öffnung schaute, war sie

noch breit genug, um Yakup fassen zu können. Mit dem rechten Fuß zuerst erreichte er die innen angebrachte Fensterbank, stützte sich ab, gab seinem Körper noch einmal Schwung und tauchte in einen stockfinsteren Raum, von dessen Größe er nicht einmal etwas ahnte.

Das war nicht wichtig, er mußte Jane befreien und schaute sich die Konstruktion des Galgens an. Der waagerechte Balken wurde durch einen kompakten, senkrecht stehenden Stützpfosten gehalten. Bänder liefen über zwei Rollen, um eine optimale Hebelwirkung zu erzielen, und Yakup sah auch die Kurbel mit dem Griff daran.

Ein primitiver Aufbau, in diesem Fall jedoch ausreichend und sehr wirksam.

Yakup wußte, daß Jane noch einmal leiden mußte, wenn er an der Kurbel drehte und die Detektivin in die Höhe zog. Das ließ sich leider nicht verhindern, und er hoffte, daß ihm der Erfolg nicht verwehrt blieb.

Das Rad quieschte ein wenig, er hörte auch Janes Stöhnen und meldete sich zum ersten Mal.

»Es ist gleich vorbei. Halte aus.« Yakup drehte noch schneller. Die Rolle und das Seil bewegten sich, und er sah auch vor dem Fenster einen Schatten erscheinen.

Das war Jane.

Yakup hakte die Kurbel wieder fest, lief zur Fensterbank und beugte sich nach draußen.

Er hatte es geschafft und Jane Collins so weit in die Höhe gezogen, daß er nach ihr greifen konnte. Er schaute zuerst auf den Stahlring und war zufrieden, denn er brauchte nur beide Hälften auseinander zu schieben, um die Detektivin zu befreien.

Auf die anderen Geräusche achtete er nicht. Ruhig, zielsicher und schnell arbeitete Yakup. Seine Hände umklammerten die nackten Schultern der Frau, deren

Kopf zur Seite gefallen war und fast wie verdreht mit einem Ohr die Schulter berührte.

Yakup löste den Ring um ihre Gelenke. Als die beiden Hälften zurückschnappten, mußte er gedankenschnell zupacken, denn Jane wäre sonst in die Tiefe gefallen. Yakup bekam sie zu packen, hievte sie hoch und hatte sie noch nicht über die Fensterbank ins Innere gezogen, als irgendwo im Hintergrund des Raumes eine Tür mit lautem Krach aufflog.

Ein wildes Kreischen schallte durch das Zimmer.

Plötzlich wurde es hell.

Zwei Lampen an den Wänden warfen ihr Licht in jeden Winkel und beleuchteten auch das rote Pentagramm auf dem Boden, in dessen Mitte sich ein Teufelskopf befand.

Genau nachgezeichnet, fast wie echt wirkend, und für die Hexen soviel wie ein Dogma.

Yakup wirbelte herum.

Er zog Jane dabei mit, sonst wäre sie noch zurückgefallen. So kippte sie neben ihm zu Boden, und der kampferprobte Türke konnte sich den anstürmenden Furien stellen.

Dabei sah Yakup zum erstenmal diese weißen Hexen, deren Gesichter so hell schimmerten, als wären sie mit Kalk bestrichen worden. Er erkannte auch ihre mit Blut nachgezeichneten Augen, sah die langen weißen Gewänder, die sie trugen, und er sah auch die gefährlichen Peitschen, die eine jede von ihnen festhielt!

Es waren lange Bullpeitschen. Jede besaß drei kräftige Riemen, und sie erinnerten Yakup an die Dämonenpeitsche seines Freundes Suko.

Er hatte die Hexen auf die Schnelle nicht zählen können. Es waren mindestens ein halbes Dutzend, die in einer ersten Angriffswoge auf ihn zurannten.

Furien, die Gesichter entstellt, eine Mischung aus weiß und rot und immer bereit, dem Satan zu dienen.

Yakup war ein Kämpfer. Er kannte die Tricks, doch gegen die zu allem entschlossenen Hexen würde auch er nur schwer ankommen . . .

*

Als ich das kleine Lokal betrat, wußte ich sofort, daß es nur die Frau sein konnte, die auf mich wartete, und ich dachte auch wieder an Glenda Perkins' warnende Worte.

»Nimm dich vor Weibern in acht, die rauchige Stimmen haben und in ihr Timbre einen gewissen Sex legen.«

Ich kannte sie nur vom Telefon her, doch als ich sie sah, ging mir ihr Anblick unter die Haut. Das war ein scharfes Vögelchen, Freunde, aber ich ließ mir nichts anmerken, schlüpfte aus meinem Mantel und hängte ihn auf.

Sie saß am Fenster. Der Tisch gehörte ihr, und sie war die einzige Frau in dieser späten Morgenstunde. An der Theke hingen einige Typen, die sich die Zeit vertreiben wollten und die anderen im Spiegel an der Barseite beobachteten.

Ich beobachtete sie, als ich auf sie zuging.

War sie ein Punker? Oder ein Popper? Eine Mischung aus beidem. Auch ihr Haar zeigte zwei Farben. Einmal rot, und zwar rostrot, zum anderen grün. Am Mittelscheitel begannen die unterschiedlichen Farben. Das Haar war sehr gepflegt, wie man es bei den Poppern findet, fast übermodern geschnitten, wobei es an der rechten roten Seite tiefer in die Stirn fiel als an der linken.

Auch ihre Kleidung war außergewöhnlich. Sie trug

dickes Leder und hatte die Jacke aufgeknöpft. Mit Stikkern, Abzeichen und Buttons war die Jacke übersät. Das hätte mich nicht weiter gestört, mich machten nur die Motive aufmerksam, denn sie zeigten Dinge, für die ich kein Verständnis aufbrachte.

Die Totenschädel ließ ich noch gelten, aber die Teufelsköpfe, die eine frappierende Ähnlichkeit mit dem Höllenfürsten Asmodis aufwiesen und so glänzten, als wären sie mit einer Leuchtfarbe bestrichen worden, gefielen mir weniger.

Hinter diesem Weib steckte mehr, als ich überhaupt vermuten konnte.

Das war sicher, und ich beschloß, auf der Hut zu bleiben, wobei ich Glenda eigentlich recht gab.

Vor dem kleinen quadratischen Tisch stoppte ich meinen Schritt. Die Männer an der Theke waren jetzt ruhig geworden. Sie hatten sich gedreht und starrten zu uns rüber. Einer grinste besonders impertinent. Wahrscheinlich rechnete er damit, daß ich eine Abfuhr bekommen würde, die er unter Umständen schon erhalten hatte, aber zum Erstaunen der Gäste und des Wirtes fragte die Frau: »John Sinclair?«

»Sicher.«

»Setzen Sie sich!«

Ihre Stimme klang tatsächlich wie am Telefon. Rauchig, irgendwie angekratzt, und jedes Wort, das sie sprach, vibrierte noch nach, als würde in ihm eine geballte Ladung an Sex stecken. Sie hatte ein Longdrinkglas vor sich stehen und umschloß es mit acht Fingern. An jedem Finger steckte ein Ring. Und jeder besaß eine andere Farbe, ebenso wie die Fingernägel. Nägel und Ringe harmonierten farblich miteinander.

Rot, grün, blau, weiß, alles war vertreten. Da sie so bunt angezogen war, fiel das ungeschminkte Gesicht besonders auf. Die Haut war für meinen Geschmack ein wenig zu bleich. Um den sanft gekrümmten Nasenrükken herum gruppierten sich zahlreiche Sommersprossen. Der Mund verriet sinnlichen Schwung.

Ihr Alter mußte zwischen 20 und 22 liegen, aber da wollte ich mich nicht festlegen.

Ihre Lippen kräuselten sich zu einem spöttischen Lächeln. »Haben Sie genug gesehen, Geisterjäger?«

»Im Augenblick ja.«

»Wollen Sie noch mehr sehen?«

»Das habe ich nicht gesagt.«

Sie lachte leise. »Ich dachte schon, daß ich mich ausziehen sollte, denn ich kenne diese Blicke.«

»Diesmal haben Sie sich geirrt.«

»Wir werden sehen.«

Der Wirt kam, wischte seine noch vom Spülen feuchten Hände an der Schürze ab und fragte nach meinen Wünschen.

»Für mich einen Whisky Soda.«

»Geht klar, Sir.«

»So früh am Morgen?« fragte mich die Frau.

»Einen kann ich vertragen.«

»Sie sinken in meiner Achtung, Sinclair.«

»Das macht mir gar nichts. Sie haben mich ja angerufen und sich mit dem Namen Monica gemeldet. Wie heißen Sie weiter.«

»Lassen wir es bei dem Vornamen.«

»Meinetwegen.«

Der Whisky kam, auch das Sodawasser, und ich mischte beides miteinander. Von der Theke her hörte ich das Flüstern der Gäste. Die Frau beobachtete mich, wie ich den ersten Schluck trank, das Glas abstellte und sie auffordernd anschaute.

Von ihrer Lippe klaubte sie einen Tabakkrümel und atmete durch die Nase ein. »Sie sind gespannt, nicht?«

»Sagen wir neugierig.«

Sie drehte den Kopf, so daß ich ihre grüne Haarhälfte zu sehen bekam. Als wäre sie völlig unbeteiligt, schaute sie aus dem großen Fenster nach draußen, wo auf der Straße der Verkehr vorbeiflutete. »Ich habe Sie angerufen, weil ich Ihnen schöne Grüße ausrichten wollte.«

»Wie nett, aber dafür hätten wir uns nicht zu treffen brauchen.«

Ruckartig drehte sie den Kopf wieder in meine Richtung. »Sie sind zu voreilig, denn Sie wissen nicht, von wem ich Ihnen Grüße ausrichten soll.«

»Das werden Sie mir schon sagen.«

»Ja, von Jane Collins!«

Damit hatte ich nicht gerechnet und hörte wieder, wie sie mich auslachte, als ich auf meinem Stuhl so plötzlich versteifte und die Augen verengte.

»Kennen Sie die Lady?«

»Das wissen Sie genau.«

»Ja, das weiß ich auch. Sie hat sich von Ihnen getrennt. Sie haben ihr ein Herz einpflanzen lassen und sie sogar aus dem Griff des Teufels befreit. Tolle Leistung! Aber Sie haben einen Fehler gemacht, Sinclair. Sie hätten bei ihr bleiben sollen.«

Ich wußte selbst, daß es ein Fehler gewesen war, Jane allein zu lassen. Das brauchte mir diese Monica nicht zu sagen. Ich wollte, daß sie endlich zum Thema kam. »Was ich gemacht habe oder nicht, ist für Sie nicht interessant. Ich will von Ihnen erfahren, was Sie mit Jane Collins zu tun haben und wo sie steckt.«

»Sie ist in den Staaten. In Frisco. Das wissen Sie doch!«

»Ja, das weiß ich.«

»Und aus den Staaten soll ich Ihnen Grüße bestellen.«

»Ach. Haben Sie mit ihr gesprochen?«

»Das muß ja so sein, wenn sie mir Grüße aufgetragen hat.«

Davon war ich nicht überzeugt.

Ich glaubte auch fest daran, daß es nicht der einzige Grund gewesen war, weshalb mich diese Monica hier hatte treffen wollen.

»Okay«, sagte ich und nahm einen kräftigen Schluck von meinem Mixgetränk. »Die Grüße haben Sie ausgerichtet, ich kann also gehen.«

»Fast«, sagte sie.

»Wieso?«

»Weil es nicht alles ist, Sinclair.« Ihr Lächeln wurde zu einem Grinsen. »Denn sie hat mir noch etwas aufgetragen.«

»Ich höre.«

»Jane Collins möchte, daß Sie mir etwas besorgen. Mir und ihr gewissermaßen einen kleinen Gefallen erweisen.«

»Und der wäre?«

Sie lehnte sich zurück und verschränkte die Arme vor der Brust. Beinahe lässig begann sie zu sprechen. »Es geht da um einen Stein«, erklärte sie mir. »Sie müssen darüber Bescheid wissen, obwohl Sie persönlich den Stein nicht besitzen, denn er befindet sich in einem Sumpf. Leider, muß ich dazu sagen . . .«

Monica brauchte erst gar nicht weiterzureden, ich wußte auch so Bescheid. »Sie meinen den Hexenstein.«

»Richtig.«

Ich lachte. »Soll ich einen ganzen Sumpf trockenlegen lassen? Nein, das geht nicht.«

Ihre Arme fielen nach unten, und sie schlug mit den flachen Händen auf den Tisch. Durch den Druck begann die Flüssigkeit in unseren Gläsern zu zittern. »Sie sollten die Sache nicht auf die leichte Schulter nehmen, Sinclair. Verdammt nicht. Ich will den Hexenstein, und Sie werden ihn mir besorgen, verlassen Sie sich darauf.«

Ich blieb gelassen. »Was geschieht, wenn ich es nicht tue?«

Ihre Augen weiteten sich überrascht. »Sie werden doch nicht so dumm sein, Sinclair.«

»Das war keine Antwort auf meine Frage.«

»Also gut, Sie bekommen eine. Wenn Sie den Stein nicht besorgen, stirbt jemand in Frisco. Sie leidet jetzt schon, die kleine Jane, das können Sie sich doch sicher denken, wie?«

Mein Blick wurde hart, die Gesichtzüge ernst.

Mein Gegenüber genoß es und saß da wie eine Siegerin. Sie glaubte, mich reingelegt zu haben. Ihre Blicke sprachen jedenfalls Bände. »Da ich kein Unmensch bin, gebe ich Ihnen drei Tage Zeit, den Stein zu besorgen, Sinclair. Eine Galgenfrist.«

Ich zwang mich zur Ruhe. »In drei Tagen kann ich das gewaltige Sumpfgebiet um Blackmoor nicht trokkenlegen lassen.«

»Das weiß ich auch.«

»Dann reden Sie nicht so einen Quatsch.«

»Sie sollten überlegen.« Monica holte aus einer Tasche ein dünnes Zigarillo und zündete es sich gelassen an. »Man hat Sie mir empfohlen, Sinclair. Sie wären ein Mensch mit Ideen. Mutig und was weiß ich nicht noch alles. Aber das scheint nicht zu stimmen. Sie wollen den Sumpf trockenlegen lassen. Das ist lächerlich, das schaffen Sie nicht.«

»Dann wäre ja alles klar.«

Die Frau mit der zweifarbigen Frisur schüttelte den Kopf und blies mir Rauch ins Gesicht. »Nichts ist klar, Sinclair, gar nichts. Es gibt auch andere Methoden, um an den Stein heranzukommen.«

»Und welche?«

»Magische«, erwiderte sie, jede Silbe betonend. »Magische Methoden, Beschwörungen, was weiß ich.

Lassen Sie Ihr Wissen und Ihr Können spielen. Man hält doch so große Stücke auf Sie. Jane Collins übrigens auch. Sie hoffte stark, daß Sie ihr den Gefallen tun und den Stein besorgen, ansonsten wird Frisco zu einem Grab für sie werden. Das weiß ich.«

»Woher?«

»Ich weiß es eben.«

Diese Antwort reichte mir nicht. Und auch ihre verdammte Sicherheit machte mich negativ an. Jane befand sich in Gefahr. Wollte sie wirklich, daß ich den Hexenstein besorgte?

»Für wen soll er sein?« fragte ich.

»Ich will ihn haben«, erklärte Monica.

»Sind Sie eine Hexe?«

»Das zu beurteilen, überlasse ich Ihnen. Vielleicht, jedenfalls habe ich nichts gegen Hexen.«

»Und auch nichts gegen den Teufel?«

Sie wies auf ihre Abzeichen. »Schauen Sie mich an, Geisterjäger, dann können Sie mich auch einschätzen.«

»Das habe ich schon.«

»Dann wäre ja alles klar.« Sie hob den rechten Arm und schnippte dem Keeper zu. Der verstand das Zeichen und kam angewieselt. »Ich möchte bezahlen«, erklärte die Frau.

»Ich ebenfalls.«

Der Wirt bekam sein Geld, und Monica legte bereits ihre Hände auf die Stuhllehnen, um sich in die Höhe zu drücken. »Holen Sie den Stein, Sinclair, ich rufe Sie zwischendurch an, ob Sie Erfolg gehabt haben. Wenn ja, um so besser für Ihre kleine Freundin. Wenn nicht, würde ich ihren Tod auch nicht bedauern.«

Deutlicher hätte man es nicht ausdrücken können. Für sie war der Fall gelaufen, für mich allerdings nicht. Ich tat noch nichts, als sie ging und wieder von den Blicken der Gäste begleitet wurde. Erst als sie an der Tür war, nahm ich den Mantel von der Garderobe und folgte ihr nach draußen, wo die Frühlingsluft die Abgase der Fahrzeuge nicht mehr so schlimm erscheinen ließ.

Sie hatte bemerkt, daß ich ihr gefolgt war, warf noch einen Blick über die Schultern, grinste kalt und wandte sich nach links. Wir passierten ein Lebensmittelgeschäft, das von dem nächsten Haus durch eine Einfahrt getrennt war.

In diese Lücke tauchte Monica so schnell hinein, als hätte sie etwas zu verbergen.

Ich mußte mich sputen, um sie noch einzuholen.

Fast am Ende der Einfahrt hatte ich sie erwischt und legte ihr meine Hand auf die Schulter.

»So schnell kommen Sie mir nicht davon. Und vor allen Dingen nicht so einfach.«

»Ach – und was haben Sie vor?«

»Ich werde Sie mitnehmen.«

Sie ging, ich hielt sie nicht auf, und wir landeten in einem Hinterhof. »Wo werden Sie mich denn hinbringen, Geisterjäger?«

»Zum Yard.«

»Das glaube ich nicht.«

»Wieso?«

Der Augenaufschlag, den sie produzierte, konnte ich fast mit dem Wort mitleidig umschreiben. Bevor ich sie daran hindern konnte, hatte sie schon einen scharfen Pfiff ausgestoßen und sagte danach: »Wollen Sie mich immer noch mitnehmen? Schauen Sie mal nach vorn!«

Ich blickte an ihr vorbei.

Plötzlich schlug mein Herz schneller, denn sie verließen ihre Verstecke: Punker, Rocker und andere. Gefährliche Typen, die, wie auch Monica, dicke Lederkleidung trugen und schwer bewaffnet waren.

Ketten, Totschläger, Beile und Messer, diese gefährlichen Dinge sah ich in ihren Händen und auf den Lippen die fast hungrig wirkende Forderung nach Gewalt.

Von ihren Augen war nichts zu sehen, denn die fünf Typen trugen allesamt Sonnenbrillen. Sie hatten hinter Mülltonnen oder Ecken gelauert. Erst jetzt fielen mir ihre schweren Maschinen auf, die im Hinterhof parkten und wie schlafende Raubtiere aus Metall wirkten.

»Die machen Sie noch kleiner als klein«, versprach mir Monica und begann leise zu lachen. »Wenn Sie jetzt den Helden spielen wollen, ist mir das auch recht, aber dann ist Ihre kleine Jane schon tot. Sie können es sich also überlegen.«

Ja, ich überlegte auch. Gegen die fünf Kerle kam ich allein natürlich nicht an. Wäre Suko bei mir gewesen, hätte die Sache schon anders ausgesehen, aber ich wollte mich auch nicht so einfach abschieben lassen. Nein, das war nicht meine Art.

Noch waren die Kerle weit genug entfernt, und ich zog mit einer schnellen Bewegung meine Beretta. Dagegen konnte keiner etwas unternehmen, auch Monica nicht, denn sie sah plötzlich die Mündung der Waffe auf sich gerichtet und wurde bleich.

»Sie kommen mit«, flüsterte ich.

»Sinclair, mach dich nicht unglücklich.«

»Das überlassen Sie mir mal.«

Monica hob die linke Hand. Ein Zeichen für ihre Typen, denn sie blieben stehen. »Er hat eine Kanone gezogen!« rief sie ihnen zu. »Wartet noch einen Augenblick.« Jetzt wandte sie sich wieder an mich. Ihre Pupillen zeigten einen grüngrauen Schimmer. »Sinclair, weißt du eigentlich, wie man mich nennt?«

»Wie sollte ich?«

»Crazy Monica. Die verrückte Monica. Alles, was ich tue, ist verrückt. Man kann mich nicht ausrechnen, und darauf bin ich stolz. Viele sind schon auf mich reingefallen, weil sie sich zu sicher glaubten.« Sie nickte. »Sehr viele, Sinclair!«

Dann ging sie.

Einfach so, als hätte ich keine scharf geladene Waffe in der Hand, sondern eine Wasserpistole. Sie schlenderte fast gemächlich auf ihre Typen zu und wandte sich dabei noch um. »Sinclair, du kannst mir ja in den Rücken schießen, wenn du dich traust und mich stoppen willst. Aber ich möchte anschließend nicht in deiner Haut stecken. Meine Freunde werden dich umbringen. Und das dauert lange.«

Ich stand da, wie der berühmte begossene Pudel. Dieses Weib kannte mich verdammt gut. Nie hätte ich es fertiggebracht, ihr die Kugel in den Rücken zu jagen. Das war einfach nicht meine Art, es ging mir gegen den Strich. Ich ließ sie laufen.

Die anderen Kerle feixten. Ich sah das Grinsen auf ihren bärtigen Gesichtern, hörte das Klirren der Kettenglieder und nahm auch das Blitzen der Messerklingen wahr.

Um das alles kümmerte sich Monica nicht. Sie schlenderte auf eine abgestellte Maschine zu, trat den Ständer zurück und schwang sich auf den Feuerstuhl.

Das war das Zeichen für die anderen. Sie zogen sich zurück, ohne mich dabei aus den Augen zu lassen.

»Los, wir fahren!«

Crazy Monicas Befehl schallte über den Hinterhof. »Und noch eins, Sinclair, ich rufe dich an, weil ich einen Erfolg hören will. Denk an deine kleine Jane.«

Sie startete.

Die anderen ebenfalls. Plötzlich dröhnten die Motoren auf. Das Geviert des Hinterhofes war plötzlich von einem höllischen Lärm erfüllt, dessen Sound zwischen den schmutzigen Hausmauern als Echo noch lauter dröhnte und gegen meine Trommelfelle schlug.

Sie starteten geschoßartig. Daß ich ihnen dabei im Wege stand, kümmerte sie nicht. In einer Reihe hielten sie auf mich zu, und sie hatten es nicht einmal nötig, ihre Helme aufzusetzen. Der Fahrtwind peitschte bei einigen die langen Haare nach hinten. Zwei andere zeigten ihre kahlrasierten, bunt tätowierten Schädel. Auf einer Platte leuchtete sogar die Fratze des Teufels in einem satten Rot.

Um nicht überfahren zu werden, mußte ich hastig zur Seite springen. Bis an die Außenmauer eines Hauses geriet ich. In Zweierreihe hielten sie auf die Einfahrt zu, und die Anführerin der Bande winkte mir noch zu, als sie an mir vorbeiraste.

Innerhalb der Einfahrt steigerte sich der Lärm noch. Für einen kurzen Moment nur, dann wurde er leiser, denn die Horde war auf die normale Straße eingebogen.

Ich stand da, steckte jetzt die Waffe weg und schüttelte den Kopf. Hatte ich nur geträumt oder alles erlebt?

Nein, ein Traum war es nicht gewesen, sondern eine verflucht böse Realität. Ich holte einige Male tief Luft, um den dumpfen Druck in meinem Schädel zu vertreiben und machte mich auf den Rückweg.

Meine Gedanken wirbelten. Ich hatte Mühe, sie unter Kontrolle zu bekommen und sie in die richtigen Bahnen zu lenken. Es war alles so unwahrscheinlich, so weit weg und dennoch so nah.

Vor der Einfahrt blieb ich stehen und zündete mir eine Zigarette an. Den Rauch blies ich gegen den Wind, und ich dachte darüber nach, wie es diese Crazy Monica überhaupt fertiggebracht hatte, mit Jane Collins in Kontakt zu treten.

Das hörte sich komplizierter an, als es tatsächlich war. Jane wurde von ihren ehemaligen Artgenossinnen gejagt. Jede Hexe kannte ihren Namen und haßte sie.

Die Hexen waren international. Zudem standen sie miteinander in Verbindung, tauschten Informationen aus und gaben sich gegenseitig Auskünfte.

Asmodis persönlich hatte die Jagd auf Jane Collins freigegeben. Da konnte sie hinlaufen, wo sie wollte, irgendwer würde sie immer finden, und das empfand ich als schlimm und grauenhaft.

Jane in der Gewalt der Friscoer Hexen.

Stimmte das?

Ich hatte natürlich nicht die Zeit, jetzt schon nach Frisco zu fliegen, aber in der Nähe dieser Stadt lebte ein Freund und Verbündeter von mir, dem ich den Auftrag gegeben hatte, auf Jane Collins achtzugeben, falls er es schaffte.

Ihn wollte ich zunächst einmal fragen, danach konnten wir weitersehen. Mit diesem Vorsatz machte ich mich auf den Weg zu dem Parkhaus, in dem ich meinen Bentley abgestellt hatte . . .

*

Jane Collins hatte die letzten Minuten wie in einem Traum erlebt. Mehr unbewußt als aufnahmefähig hatte sie ihre Befreiung mitbekommen, lag nun auf dem kühlen Boden des Zimmers und hörte das Schreien der Hexen, wie durch einen Filter gedämpft, an ihre Ohren dringen.

In einem normalen Zustand hätte sie sich gewehrt, das war nicht mehr möglich. Sie lag da, war apathisch und kaum in der Lage, auch nur einen Finger zu rühren.

Zudem hatte sie das Gefühl, keine Oberarmgelenke mehr zu besitzen. Bis in die Brust hinein verspürte sie den ziehenden Schmerz, der sie an Feuer erinnerte.

Sie wußte auch, daß der Schrecken noch nicht vorbei war, da sich ihr Retter verteidigen mußte.

Das tat Yakup.

Er wollte nicht einsehen, daß ihn die verdammte Hexenbrut letztendlich doch noch besiegte. Mit all seiner Routine, seinen Kräften und seiner Schnelligkeit stemmte er sich dagegen.

Das hatten diese Furien noch nicht erlebt. Bevor sie noch etwas unternehmen konnten, griff Yakup an. Er kam über sie wie ein Donnerschlag.

Nach zwei Schritten sprang er fast bis zur Decke, die Beine hatte er gespreizt, die Hände leicht gekrümmt, und er jagte beim Hinunterfallen genau zwischen sie.

Plötzlich wurden Arme und Beine zu sich blitzschnell bewegenden Schatten. Er trat, drehte sich und sah die Körper der Furien zur Seite fliegen.

Die Weiber prallten zu Boden, überschlugen sich, heulten vor Wut und kamen nicht einmal mehr dazu, die Peitschen einzusetzen. Aber sie gaben nicht auf. Was sie sich einmal in den Kopf gesetzt hatten, wollten sie auch durchführen.

Drei von ihnen starteten den zweiten Angriff, während sich die übrigen noch am Boden krümmten.

Wild voranstürmend und schlagend wollten sie Yakup Yalcinkaya zu Boden zwingen. Das harte Leder der Bullpeitschen bekam durch schnelles Drehen Schwung, und Yakup mußte die ersten Schläge nehmen.

Gegen seinen Rücken klatschten die Riemen. Es waren wuchtige Treffer, aber sie zwangen den Türken nicht in die Knie. Im Gegenteil, die Hiebe stachelten seinen Kampfeswillen an. Trotz der Schläge war er nicht aufzuhalten, und seine Hände fuhren gegen die weißen, fratzenhaften Gesichter der Hexenweiber.

Er sah sie verschwinden, wenn er getroffen hatte, bekam wieder einen Schlag, der sogar seine Kleidung auftrennte, und Yakup drehte sich auf der Stelle.

Plötzlich stand er vor dem Weib, das schon wieder ausgeholt hatte. Yakups Tritt erwischte sie in der Körpermitte und machte sie zu einem Geschoß. Bis gegen die Wand klatschte sie und blieb dort regungslos liegen.

Sofort fuhr Yakup in wilder Kampfhaltung herum, um sich die nächste Gegnerin vorzunehmen. Aber niemand griff ihn an. Er hatte sie besiegt.

Der Türke entspannte sich. Luft schien aus seinem Körper zu weichen, und er rieb seine Hände gegeneinander, während er auf die am Boden liegenden Furien schaute.

Die Hexen waren geschafft. Ob es wirklich Hexen waren oder nur einfache Teufelsanbeterinnen, das konnte Yakup so schnell nicht feststellen. Er wollte es auch nicht, für ihn war Jane Collins wichtiger. Man hatte ihn schließlich als ihren Schutzengel abgestellt.

Er kniete so nieder, daß er auch die Weiber im Auge behalten konnte. Sein Blick traf Janes Gesicht.

Es war schmerzverzerrt. Ihr Atem ging flach und stoßweise. Die Arme waren neben dem Körper fest gegen den Boden gedrückt worden. Hin und wieder durchlief sie ein Zittern.

Mit einer sanften, fürsorglich wirkenden Geste strich der harte Kämpfer Yakup Yalcinkaya über die linke Wange der Detektivin und lächelte sie aufmunternd an.

»Du bist außer Gefahr«, sagte er.

»Danke . . .«

»Später, ich muß mich um die Furien kümmern. Sie haben dich nicht umsonst geholt.«

»Nein, sie wollten den Stein.«

»Welchen Stein?«

»Den Hexenstein.«

Yakup begriff nicht. »Was ist damit?« fragte er. »Ich habe davon noch nie etwas gehört.«

»Das kann ich mir denken«, erwiderte Jane. »Der Stein befindet sich auch nicht hier, sondern in England. Für Hexen ist er wichtig, weil er immense Kräfte besitzt.«

»Welcher Art?«

»Das kann ich dir nicht genau sagen, aber er kann auch töten, wenn man ihn nicht richtig einsetzt.«

»Und was hast du mit dem Stein zu tun?« fragte Yakup.

»Nichts. Damals hätte ich ihn gern gehabt, aber das ist vorbei. Es tut mir leid. Andere wollen ihn besitzen. Unter allen Umständen. Vielleicht auch der Teufel.«

Yakup schüttelte den Kopf. »Hast du ihnen nicht gesagt, daß du damit nichts zu tun hast?«

»Doch, aber sie glauben mir nicht. Ich sollte ihnen verraten, wo der Stein liegt.«

»Das ist jetzt vorbei.«

»Was willst du tun?«

Yakup grinste scharf. »Ich werde dafür sorgen, daß die Hexen kein Unheil mehr anrichten. Laß mich nur machen. Die Zeit der weißen Hexen ist endgültig vorbei.« Er stand wieder auf und schaute zu, wie sich die Furien erhoben.

Nein, sie waren keine echten Hexen. Unter den Treffern hatten sie noch schwer zu leiden. Menschen gelang es kaum, sich auf die Füße zu stemmen. Sie krümmten sich und hatten auch Mühe, Luft zu holen. Yakup wollte für Jane Kleidung besorgen. Er trat auf die einzig Bewußtlose zu und zog ihr die Kutte aus. Darunter hatte die Frau nichts getragen. Mit ihrem weißgepuderten Gesicht und den rot angemalten Augen wirkte sie sogar lächerlich. Mit der Kutte in der Hand ging Yakup zu Jane zurück. Er half ihr dabei, das Kleidungsstück überzustreifen.

Danach kümmerte er sich um die anderen.

Sie standen nahe der Tür und starrten ihn an. Böse waren ihre Blicke, die Mundwinkel zuckten, am liebsten hätten sie Yakup getötet, das sah er ihnen an, aber er blieb gelassen.

»Ich werde euch der Polizei übergeben«, erklärte er und erntete sofort ein Lachen.

Jemand sagte: »Was willst du denn beweisen? Wir haben nichts getan!«

»Auch nicht mit Jane Collins?«

»Wer ist das denn?«

Yakup lebte zwar noch nicht lange in den Staaten, er kannte trotzdem einige Gesetze dieses Landes. Und er wußte auch, daß er lückenlose Beweise vorlegen mußte, um die Furien hinter Gitter zu bringen. Das würde ihm nicht gelingen.

»Nun?« wurde er von einer Person gefragt, die sich mit vorgestreckter Hüfte vor ihm aufgebaut hatte und ihre Hände in die Seite stemmte. »Was ist jetzt?«

Er schaute die Frau an.

Die weiße Schminke in ihrem Gesicht war ein wenig verlaufen. Sie wirkte dadurch noch lächerlicher, und Yakup nickte. »Ihr könnt verschwinden«, sagte er. »Aber eine bleibt hier.«

»Und wer?«

»Eure Anführerin.«

Nach dieser Forderung entstand ein tiefes Schweigen. Die Hexen überlegten, dann begann die Sprecherin zu lachen. »Du willst Jirica haben?«

»Wo steckt sie?«

»Vielleicht im Haus, vielleicht schon beim Teufel.« Die Hexen amüsierten sich köstlich.

Yakup war für feine Strömungen sehr empfänglich. Er wußte plötzlich, daß er mit dieser Jirica noch Schwierigkeiten bekommen konnte und scheuchte die Hexen aus dem Raum. Die Bewußtlose nahm er mit und legte sie in einem breiten Gang nieder, von dem eine Treppe in die nächsthöhere Etage führte.

Yakup dachte wieder an das zweite Fenster, aus dem die Hexe geschaut hatte, um den Eimer mit Pech auszuleeren.

Steckte diese Jirica dort? Vielleicht wußte Jane Collins mehr. Der Türke stellte eine diesbezügliche Frage.

Jane wollte sich aufstützen, brach beim ersten Versuch schon wieder zusammen und schüttelte wütend den Kopf. »Verdammt, die haben mich wohl zum Krüppel gemacht.«

»Das glaube ich kaum«, erwiderte Yakup, »du wirst schon wieder gesund. Doch jetzt will ich die Chefin. Wo kann sie stecken? Kennst du diese Jirica?«

»Sie war nicht dabei.«

»Das habe ich mir gedacht.« Yakup deutete zur Decke. »Ist sie vielleicht dort, wo das andere Fenster . . .?«

»Ich weiß es nicht. Du mußt nur sehr vorsichtig sein, Yakup. Dieses Weib ist nicht wie die anderen. Sie steckt mit ihm unter einer Decke. Du weißt, wen ich damit meine?«

»Sicher.«

»Dementsprechende Kräfte hat sie. Und sie besitzt ein Raubtier, das sie gezähmt hat. Einen Panther. Er hält sich oft in ihrer Nähe auf. Sie kann auf dem Tier reiten wie andere auf dem Rücken eines Pferdes.«

Yakup lächelte sanft. Im weichen Licht wirkte sein Gesicht nicht mehr so kantig. »Den Panther können wir vergessen«, erklärte er. »Ich habe ihn besiegt.«

»Getötet?«

»Nein, er war wohl nur bewußtlos. Wenn ich dich richtig verstanden habe, wird Jirica sich wieder an ihn erinnern. Ich muß mich beeilen. Schaffst du es allein?«

»Immer.«

Sehr überzeugend klang das nicht, aber Yakup sah einfach keine andere Möglichkeit. Er konnte Jane nicht mitnehmen. Sie wäre ein zu starker Ballast für ihn gewesen. Und wenn er sich nicht an die Verfolgung dieser Jirica machte, war alles umsonst. Sie hielt die Fäden in der Hand. Nur durch ihr Ausschalten konnte auch dem Terror der weißen Hexen ein Ende bereitet werden.

Er verließ den Raum.

Die anderen Hexen hielten sich noch im Flur auf. Sofern sie nicht an den Treffern zu leiden hatten, standen sie an der Wand und schauten den Mann haßerfüllt an. »Wir werden dich zur Hölle schicken!« kreischte eine und reckte drohend die Faust.

Yakup sagte nichts. Hatten die weiß geschminkten Gesichter mit den rot bemalten Augen vorhin noch schaurig ausgesehen, so wirkten sie jetzt, wo ein Teil der Farbe verlaufen war, fast lächerlich.

Die Hexen interessierten Yakup nicht mehr. Er wollte dorthin, wo das Pech aus dem Fenster gekippt werden sollte. Die Treppe war schmaler. Er kam sich vor wie in einem Turm. Auch hatte sich der Flur verengt. Yakup rieb manchmal mit seiner Schulter an der rechten Wandseite entlang.

Im hellen Weiß der Innenmauern wirkte das dunkle Türholz fast wie eine Höhle. Verschlossen war sie nicht. Spaltbreit stand sie offen, und Yakup wurde vorsichtig. Er konnte sich gut vorstellen, daß jemand hinter der Tür lauerte und ihn entsprechend empfangen würde. Er trat die Tür ein.

Außer der Wand stoppte sie nichts. Kein Körper hatte sich im toten Winkel befunden.

Dafür sah Yakup jemand am Boden liegen. Und zwar rechts von der Tür, wo sich auch das Fenster befand, das über dem Galgen liegen mußte. Es war eine Frau.

An der hellen Kutte als weiße Hexe zu erkennen. Aber sie war nicht mehr überall weiß. Das kalt und zäh gewordene Pech klebte an einigen Stellen, hatte eine Lache auf dem Boden gebildet – und, was besonders schlimm war, auch den Kopf der Person überdeckt und war dort erkaltet.

Yakup hatte mit einigem gerechnet. Daß es so schlimm sein würde, überraschte ihn doch. Er trat sehr langsam an die Frau heran, berührte sie, schob den fast leeren Eimer zur Seite und fühlte nach, ob noch Leben in dem Körper steckte.

Da war nichts zu machen. Die Frau hatte sich das heiße Zeug selbst über den Kopf gegossen, war wohl zunächst ohnmächtig geworden und anschließend erstickt. Yakup sah auch seinen Wurfstern. Er steckte tief in der Wange der Toten und schaute wie ein Mahnmal aus dem Pech hervor.

War das Jirica? Nein, er konnte es nicht glauben. Sie selbst hätte den Eimer niemals geleert. So etwas überließ sie stets anderen. Yakup dachte auch daran, daß er schuld am Tod der Frau gewesen war, aber er hatte gleichzeitig ein anderes Leben retten können.

Dennoch blieben die Vorwürfe nicht aus. Der Türke spürte den Durchzug, der kühl über seinen Kopf strich. Er drückte sich wieder hoch und schaute zurück.

Das zweite Fenster hätte er fast übersehen. Es war auch nur mehr eine Luke und befand sich dort in der Wand, wo die Decke eine gewisse Wölbung zeigte.

Yakup ging hin. Er warf einen Blick nach draußen und konnte in den Garten schauen. Aus dieser Position war genau zu erkennen, auf welch einem schmalen Plateau das Haus seinen Platz gefunden hatte. Deshalb war es auch turmartig errichtet worden. Auch der Garten lag an einem Hang, mit einer Steilwand, wo die Treppe begann und Yakup den Panther erlegt hatte.

Sein Gesicht wirkte noch hölzerner, als er genau die Stelle fixierte. Trotz der Finsternis hätte er einen Schatten sehen müssen, die Augen des Türken besaßen eine ausgezeichnete Schärfe.

Da war nichts.

Frei lag die Treppe im Mondlicht tief unter ihm. Yakup fragte sich, ob der Panther wieder erwacht war oder ob ihn jemand mitgenommen hatte. Traf dies zu, kam dafür eigentlich nur diese ihm noch unbekannte Jirica in Frage.

Er war ihr Haustier, sie beherrschte ihn, sie hatte ihn gezähmt. Weshalb sollte sie nicht auch dann mit ihm geflohen sein?

Die Stirn des Türken umwölkte sich. Yakup stellte sich die Frage, ob er nicht einen Fehler gemacht hatte. Vielleicht hätte er nicht so lange warten und gleich zuschlagen sollen. Wie dem auch war, was er versäumt hatte, konnte er nicht mehr zurückholen. So fand er sich damit ab, daß ihm die Anführerin der weißen Hexen zunächst einmal entkommen war.

Er wollte sich schon abwenden, als er das Fauchen hörte. Ein Geräusch, das ihm bekannt war, denn der Panther hatte ihn bei seiner Begegnung so angefaucht.

War er in der Nähe?

Im Raum jedenfalls hielt er sich nicht auf, also mußte er noch draußen sein.

Zwar war die Luke schmal, seinen Kopf konnte Yakup aber hindurchstecken. Das tat er, schaute in die Tiefe und sah auch inmitten des Gartens einen feurigen Schein.

Es war der Panther.

Und er spie Feuer!

Ein unheimliches Bild, wie er aus dem Stand plötzlich in die Höhe sprang, als wollte er die fernen Sterne erreichen. Sie waren nicht sein Ziel, dafür jagte er auf das Fenster zu, wo Yakup stand, und die zuckende Feuerwolke hüllte ihn ein. Sie flatterte auch wie rötliche, lange Schatten an beiden Seiten des Körpers entlang, so daß Yakup erkennen konnte, wer auf dem Rücken des Tieres saß.

Es war eine Frau. Das mußte Jirica sein!

Durch das falsche Licht des Feuers konnte Yakup die Farbe der Haare nicht genau erkennen, er sah nur, daß sie dunkel waren, im Gegensatz zu dem hellen Gesicht.

Sie hockte auf dem schwarzen Fellrücken, als wäre sie dort festgeleimt worden. Selbst ihre Hände benötigte sie nicht, um sich festzuhalten. Sie stieß die Arme sogar in die Luft, und Yakup glaubte, ein gellendes Lachen zu hören.

Ein Panther, der fliegt!

Wo gab es so etwas schon? In einem Märchen, in einer Sage, aber der Teufelsspuk machte auch so etwas in der Realität möglich, wie Yakup zu sehen bekam.

Wie es aussah, würde ihm Jirica entkommen. Das paßte Yakup Yalcinkaya überhaupt nicht. Er wußte, wie gefährlich die Anführerin der weißen Hexen war und ahnte auch etwas von der Macht, mit der sie ausgestattet war und die ihr nur der Teufel eingegeben haben konnte.

Yakup mußte sie stoppen!

Nur über die Lösung des Problems hatte er nicht nachgedacht, da ihn dieses unheimliche Bild stärker gefangen nahm, als er eigentlich zugeben wollte.

Der feuerspeiende Panther mit der Hexe auf dem Rücken hatte ungefähr die Höhe des Fensters erreicht. Sein kometenhafter Flug wurde jäh gestoppt, und das gefährliche Tier drehte seinen pechschwarzen Schädel so zur Seite, daß es genau auf die Öffnung starren konnte, in deren Schatten sich das Gesicht des jungen Türken abmalte.

Yakup sah den Blick auf sich gerichtet. Er schaute in die beiden sichelförmigen Augen, in denen trotz dieser kalten Ausdruckslosigkeit ein gefährliches Feuer brannte, das in der tiefsten Hölle geschürt sein konnte.

So etwas hatte selbst Yakup noch nicht gesehen, und ihm war schon allerlei Ungewöhnliches begegnet.

Und er sah auch das Gesicht der Hexe!

Grausam verzogen, ebenfalls eine ungewöhnliche Kälte ausstrahlend. Trotz des Feuerscheins erkannte er die Ebenmäßigkeit und auch gleichzeitig das fremdländische Aussehen, so daß Yakup vom Gesichtsschnitt der anderen an die Züge einer mittelamerikanischen Indianerfrau erinnert wurde. Das konnte sein, denn gerade im südlichen Mexiko, auf der Halbinsel Yukatan, gab es noch Stämme, die allein mit der Magie lebten und sich im tiefen Urwald versteckt hielten.

Von dort konnte Jirica auch gekommen sein, um ihren gefährlichen Zauber zu verbreiten.

Selbst Yakup erschauderte unter dem Blick, aber er hatte sein Vorhaben nicht vergessen.

Wieder erinnerte er sich an seine Wurfsterne. Damit hatte er schon einmal die Aktion einer Gegnerin gestoppt. Auch hier würde er einen Versuch wagen.

Der Beutel mit den selbstgefertigten Sternen hing noch offen an seinem Gürtel, und zwei Finger seiner rechten Hand tauchten durch den schmalen Spalt.

Dann hatte er den Stern.

Der Panther und die Hexe standen noch immer in der Luft. Nicht weit vom Fenster weg. Eine sehr günstige Wurfentfernung für einen Meister wie Yakup.

Wie schon zuvor legte er den Stern auf seine Handfläche und krümmte sie ein wenig zum Oval.

Die Hexe auf dem Rücken des Panthers hatte erkannt, daß es sich nur mehr um den einen Feind handelte. Vielleicht wollte sie etwas tun, Yakup ihre magischen

Kräfte entgegenstellen, aber der Türke hatte bereits blitzschnell ausgeholt und seinen Arm nach hinten gedrückt.

Noch in der gleichen Sekunde schleuderte er ihn vor. Und er drehte seine rechte Hand ein wenig, damit der geschleuderte Wurfstern angeschnitten sein Ziel erreichte.

Er jagte auch durch die Öffnung, beschrieb einen kleinen Bogen und hätte sein Ziel nie verfehlt, wenn es ein normaler Mensch gewesen wäre.

Das war die Hexe nicht.

Sie reagierte noch schneller als das heranrasende Wurfgeschoß und brachte sich so aus der unmittelbaren Gefahrenzone. Der Panther schien tatsächlich zu einem Kometen zu werden, als er in den nachtdunklen Himmel jagte und wie ein Feuerstern verschwand.

Das Wurfgeschoß aber jagte irgendwo in die Finsternis hinein und verschwand dort.

Yakup ärgerte sich maßlos. Er hatte sich aber zu gut in der Gewalt, um seinen Ärger offen zu zeigen. Am Fenster stand er, schaute hinaus und sah die Hexe in der Ferne verglühen. Jedenfalls wirkte es auf Yakup so.

Für einen Moment schaute er noch in die Ferne, bevor er sich umdrehte und ging. Mit federnden Schritten durchquerte er den Raum. Er war kein Mensch, der verlorengegangenen Chancen nachtrauerte. Yakup wußte, daß der Kampf weitergehen würde. Innerlich hatte er sich längst auf eine neue Auseinandersetzung eingestellt. Nicht jetzt, nicht hier, irgendwo vielleicht.

Über die schmale Treppe schritt er eine Etage tiefer. Die weißen Hexen waren nicht verschwunden. Ob sie wußten, daß es ihrer Anführerin gelungen war zu entkommen? Yakup war es egal. Er sprach auch nicht mit ihnen, sein Blick war starr geradeaus gerichtet.

Jane wartete auf ihn. Sie hatte sich erhoben, aber

noch Schwierigkeiten, sich auf den Beinen zu halten. Mit dem Rücken stützte sie sich an der Wand ab. Ihr Gesicht zeigte das, was sie fühlte. Schmerz, Bitterkeit, doch auch Erleichterung. Es war ein regelrechtes Wechselbad der Gefühle, das sie durchtoste.

Als sie Yakup sah, wollte sie vorkommen, hatte aber Mühe und wäre fast wieder gefallen. Sie schüttelte den Kopf. »Es ist so schwer!« flüsterte sie. »So verdammt schwer.«

»Ich weiß.«

Sie hielt sich an Yakups Schulter fest. »Du warst oben und hast aus dem Fenster gesehen, nicht wahr?«

»Ja.«

»Hast du sie erwischen können?« Jane lachte nach ihrer Frage auf. »Nein, ich sehe es dir an. Sie ist dir entkommen. Diese Jirica ist einfach zu mächtig . . .«

»Ja, sie entkam.«

»Und wie?«

»Du hast mir von dem Panther erzählt«, erwiderte Yakup mit leiser Stimme. In seinem Gesicht regte sich dabei kein Muskel. »Dieses Raubtier gehorcht ihr tatsächlich. Es ist fast unfaßbar, aber sie benutzte es wie ein Flugzeug. Sie hockte auf seinem Rücken und jagte weg, dem dunklen Himmel entgegen.«

Janes Augen waren bei dem kurzen Bericht groß geworden. »Und das stimmt?« hauchte sie.

»Weshalb sollte ich lügen?«

Sie nickte. »Klar, weshalb solltest du lügen?« Dann hob sie die Schultern. »Es ist sowieso ein Wunder, daß du mich gefunden hast, finde ich. Begreifen kann ich es nicht.«

»Das ist einfach«, erwiderte der Türke. »Ich hatte von John Sinclair den Auftrag bekommen, dich nicht aus den Augen zu lassen. Daran habe ich mich gehalten.«

»Du hast mich verfolgt?«

»Nein, ich nicht. Zumeist kannte ich deine Aufenthaltsorte. Ich kannte auch die kleine Pension, die dir als Versteck diente.«

»Es war Unsinn«, gab Jane zu. »Allmählich habe ich begriffen, daß man ihnen nicht entkommen kann.«

»Ja, das stimmt wohl.«

»Was soll ich tun?«

Yakup wußte, daß die Frage mehr allgemein gestellt worden war, er aber präzisierte die Antwort. »Es geht hier um Jirica. Sie ist das A und O. Um sie hat sich alles gedreht, auch du mußt dich damit abfinden. Bezeichne sie als deine große Gegnerin. Sie wollte ja etwas von dir, deshalb hat sie dich gefoltert. Was war es?«

Jane lächelte versonnen. »Diese teuflische Person wollte den Hexenstein bekommen.«

Yakups hochgezogenen Augenbrauen und das Faltenmuster auf der Stirn deuteten an, daß er nichts begriffen hatte. »Wie meinst du das eigentlich?«

»Du kennst den Hexenstein nicht?«

»Nein.«

»Es ist etwas Besonderes. Ich habe seine immense Kraft kennengelernt. Er ist in der Lage, Hexen zu vernichten. Auch Wikka hat dies zu spüren bekommen. Sie ›verdankt‹ dem Hexenstein ihr verbranntes Gesicht.«

»Du weißt Bescheid. Wie kommt das?«

»Ich war dabei, als Wikka nach dem Stein greifen wollte, und habe den Horror miterlebt. Ich weiß auch, wo sich der Stein befindet, da hat Jirica sogar richtig getippt.«

»Nicht hier – oder?«

»Nein, in England. In einem Sumpf, nahe der Ortschaft Blackmoor, die einiges hinter sich hat. Vor langer Zeit hat in ihr Mason Cordtland, ein Hexenwürger, gelebt und fürchterliche Dinge vollbracht. Er ist ein Typ gewesen, der alles zerstören konnte. Den Hexenstein wollte er haben, um noch stärker zu werden. Mit John Sinclair hat er darum gekämpft.«

»Wer hat ihn bekommen?«

»Keiner. Es gelang John, den Hexenstein durch das Fenster einer halbzerstörten Burg in den Sumpf zu schleudern, wo er dann versank, aber seine Kraft ist nicht vergangen. Man spricht davon, daß er die Geheimnisse des Landes Aibon in sich aufgesaugt hat, aber das muß man noch untersuchen. Jedenfalls ist der Stein verschwunden.«

»Und Jirica wollte wissen, wo?«

»So ist es.«

»Du hast mir erzählt, Jane, daß der Stein auch eine gewisse zerstörerische Kraft besitzt.«

»Richtig.«

»Würde er nicht zu einem Bumerang für Jirica werden, wenn sie ihn besäße?«

»Normalerweise ja. Doch wer kennt sich schon mit der schwarzen Magie aus. Ich jedenfalls nicht mehr.«

Yakup dachte nach. Er ging im Kreis, hatte einen Arm erhoben und sein Kinn auf den Handballen gestützt. Intensiv dachte er über das Gehörte nach. »In England liegt der Stein, hast du gesagt. Dann wäre das ein Fall für John Sinclair.«

»Das meine ich auch.«

»Wir könnten also davon ausgehen, daß Jirica sich auf den Weg nach Blackmoor macht . . .«

»Nein«, widersprach Jane. »Sie weiß ja nicht, wo sich der Stein befindet. Dann hätte sie mich nicht zu fragen brauchen, wie ich meine.« Ein geiferndes Lachen riß Jane Collins das nächste Wort von den Lippen. Vom offenen Fenster her war es aufgeklungen. Als beide hinschauten, sahen sie nur mehr den huschenden roten Schein, der sich gedankenschnell verflüchtigte.

»Das war sie!« flüsterte Jane. »Verdammt, jetzt hat sie alles gehört und weiß auch Bescheid.«

»Ein Grund mehr, um uns mit John Sinclair in Verbindung zu setzen.« Yakup schaute Jane durchdringend an. »Wie ist das eigentlich mit dir? Willst du noch weiter hier in Frisco bleiben?«

»Wo bin ich sicher?«

»Nirgendwo.«

»Dann ist es auch egal.«

Yakup hatte sich sehr schnell entschieden. »Es gibt allerdings noch eine Chance«, erklärte er, und seine Stimme hatte einen ernsten Ton bekommen.

»Welche?«

»Sie ist hauchdünn, sie gewährt auch keine hundertprozentige Sicherheit, aber sie ist vorhanden. Ich würde sagen, daß du bei mir im Kloster bleibst. Dort hast du alles und kannst dich als Frau noch um die Erziehung von Ali kümmern. Er ist gewissermaßen mein Adoptivsohn. Bist du einverstanden, Jane?«

Die Detektivin schaute in das Gesicht des blonden Türken, das Vertrauen und sicheren Schutz versprach. Jane brauchte in ihrem Zustand jemand, dem sie Vertrauen schenken konnte, deshalb nickte sie auch.

»Ja, Yakup, es ist die beste Möglichkeit, die man sich vorstellen kann.«

»Zwar nicht ideal«, sagte Yakup, aber immerhin besser, als das Leben in irgendeinem Hotelzimmer. Im Kloster kann man leben und auch überleben. Ich will ein Bollwerk gegen die schwarze Magie errichten. Gegen Dämonen wie Shimada oder Jirica, da ist mir jede Hilfe willkommen.« Er streckte die Hand aus, und Jane Collins schlug ein. Der Pakt zwischen den beiden war besiegelt. Jane Collins fühlte sich zum erstenmal nach langer Zeit ein wenig erleichtert. Denn auf diesen Mann konnte sie sich verlassen . . .

Ich sollte also den Hexenstein besorgen, und wenn ich es nicht schaffte, würde Jane Collins sterben.

Das war reiner Wahnsinn. Oder auch nicht. Immerhin mußte ich davon ausgehen, daß Jane sich in Frisco so ziemlich allein auf weiter Flur befand. Ihre Gegner würden alles daransetzen, sie in die Fänge zu bekommen.

Jedenfalls war es mir nicht wohler ums Herz, als ich in meinem Bentley saß und zum Yard rollte. Dabei dachte ich bereits über Möglickeiten nach, wie ich den Fall lösen oder zumindest mehr Informationen über ihn bekommen konnte.

Es gab eine Chance. Die hatte auch einen Namen. Sie hieß Yakup Yalcinkaya. Er war der Mann in Frisco, ihn hatte ich gebeten, ein Auge auf Jane Collins zu halten.

Yakup war eine Person, die mein Vertrauen genoß. Wenn er zustimmte, und das hatte er getan, würde er sich auch um die blonde Detektivin kümmern, und meine Sorge wuchs parallel zur Spannung, ob ich nicht doch einem Bluff aufgesessen war.

Vom Büro aus wollte ich anrufen. Zunächst einmal geriet ich in einen Stau, mußte warten, meine Neugierde steigerte sich. Erst Minuten später konnte ich weiterfahren.

Ich dachte auch an den Hexenstein.

Ja, es war meine Schuld gewesen, daß er im Sumpf lag, denn ich hatte ihn beim Kampf gegen Mason Cordtland, den Hexenjäger, aus dem Turmfenster geschleudert. Er hatte den Sumpf erreicht und ihn für einen Moment fast durchsichtig gemacht, so daß ich davon ausgehen konnte, daß dieser grünliche Hexenstein eine gewisse Kraft besaß, die sich auf die alte Druidenmagie des Landes Aibon zurückführen ließ. Es lag auf der Hand, daß Hexen sich diese Kraft zu eigen machen und versuchen wollten, den Stein zu überlisten. Der Stein und die in ihm konzentrierte Druidenmagie konnte für die Hexenbrut eine Erneuerung bedeuten, denn die Ära Wikka war vorbei, und daran hatten die Hexen sowie die Hölle noch immer zu knakken. Asmodis war es zudem bisher noch nicht gelungen, für Wikka eine geeignete Nachfolgerin zu finden. An diesem Problem arbeitete er weiter. Vielleicht konnte ihm der Hexenstein da helfen. Damit hätte Asmodis auch einen Zugang zu Aibon gehabt.

An diese Verbindung hatte ich bisher noch nicht gedacht und mußte nun zugeben, daß mir so etwas überhaupt nicht gefiel. Hier wurden mal wieder Weichen für die Dinge gestellt, die bisher noch im dunkeln lagen.

Wenigstens für mich.

Weiter wollte ich auch nicht nachdenken, sonst machte ich mich selbst noch verrückt. Zudem hatte ich das Yard Building erreicht, stellte meinen Wagen ab und fuhr hoch in mein Büro, das ich mit Suko, dem Freund und Kollegen teilte.

Glenda Perkins hatte das Vorzimmer kurz verlassen. Ich roch noch den »Dampf« ihrer Schreibmaschine.

Suko schaute aus dem Fenster. Er hatte mich gehört, drehte sich aber nicht um. »Das habe ich gern«, sagte ich zur Begrüßung. »Während der Arbeitszeit aus dem Fenster schauen! Ich schlage mich inzwischen im Außendienst herum . . .«

»Jeder bekommt das, was ihm zusteht«, erklärte Suko beim Umdrehen. »Was hat es denn bei deinem Treff gegeben?«

»Eine interessante Entdeckung.« Ich setzte mich. Den Mantel hatte ich auf den Kleiderhaken geworfen. »Eine Rockerlady mit zweifarbig gefärbten Haaren und Typen im Hintergrund, vor denen man Angst bekommen kann, haben mich angemacht.«

Suko grinste. »Hast du auf die Lady einen großen Eindruck gemacht?« fragte er.

»Das nicht. Sie wollte auch nicht mit mir ins Bett, sondern etwas anderes. Ihr ging es um den Hexenstein.«

Suko schaltete schnell. »Den du in einem Anfall von Wahnsinn ins Moor geworfen hast?«

»Genau.«

Mein Freund setzte sich. Mit dem Zeigefinger wies er auf mein Kinn. »Ich habe dir damals gesagt, John, daß wir von Blackmoor noch etwas hören werden. Das ist nun eingetroffen. Was willst du tun?«

»Sei doch nicht so spöttisch, laß mich erst einmal zu Ende berichten. Das war ja nicht alles.«

»Ich höre.«

Und er hörte genau zu, der gute Inspektor. Suko war ebenso überrascht wie ich, als ich von dieser Monica die Tatsachen erfahren hatte.

»Sie wollte dich demnach erpressen.«

»So kann man es sehen.«

Der Inspektor schüttelte den Kopf. »Das alles verstehe ich nicht. Der Hexenstein ist für uns verloren. Er liegt tief im Moor, ist verschwunden, wir können das Ding nicht trockenlegen lassen, nur um den Stein zu finden . . .«

»Das muß die andere auch gewußt haben. Dennoch hat sie versucht, mich vor ihren Karren zu spannen.«

»Was folgerst du daraus?«

»Daß es noch eine andere Möglichkeit gibt, an den Hexenstein zu gelangen, mein lieber Suko.«

»Einverstanden. Aber welche?«

Ich hob die Schultern. »Noch habe ich keine Ahnung. Aber ich will wissen, ob diese Monica tatsächlich etwas über Jane Collins weiß und wie sie dazu gekommen ist.«

»Dann ruf Yakup an.«

»Das wollte ich gerade.«

Es wurde eine lange Zahlenreihe, die ich tippen mußte, und ich hoffte, daß ich sofort eine Verbindung bekam. Zum Glück konnte man in die Staaten durchwählen.

Es wurde abgehoben.

»Yakup?« rief ich laut. »Bist du es?«

»Ja, John!« hörte ich seine Stimme, die mir ein wenig quäkend vorkam.

»Das war ja Gedankenübertragung.«

»Wieso?«

»Rufst du nicht wegen Jane Collins an?«

»Sicher . . .« Meine Stimme klang ein wenig kratzig. »Ist sie denn bei dir, Yakup?«

»In der Tat.«

Jetzt war ich überrascht. Ich befürchtete, einem Bluff aufgesessen zu sein, was sich Sekunden später nicht bestätigte, denn Yakup berichtete mir, wie es ihm gelungen war, Jane Collins zu befreien. Und daß der Hexenstein in einem Moor versunken war.

Ich fiel von einer Überraschung in die andere, wobei ich am Ende des Gesprächs zufrieden war, daß Jane Collins sich entschlossen hatte, bei Yakup zu bleiben. Sie schlief im Augenblick. Ich wollte sie auch nicht wecken lassen und bat Yakup, ihr Grüße von mir auszurichten.

Es war alles gesagt worden, so daß ich auflegen konnte. Suko nahm die Mithörmuschel vom Ohr und legte sie ebenfalls nieder. Danach hob er die Schultern und schaute mich an. »Bist du jetzt schlauer, John?«

»Nein.«

»Ich auch nicht.«

Schwer drückte er den Atem über die Lippen. »Ich weiß wirklich nicht, was das noch alles werden soll«, erklärte er. »Irgendwo blicke ich nicht mehr durch.«

»Ich auch nicht richtig«, gab ich zu. »Tatsache jedoch ist, daß wir es mit zwei Hexen zu tun haben. Erst einmal diese seltsame Monica und dann eine Dame, die auf einem Panther reitet und sich Jirica nennt.«

»Von beiden haben wir zuvor nichts gehört.«

»Richtig.«

»Vielleicht sind es die beiden neuen Asse des Teufels«, vermutete der Inspektor.

»Das kann sein. Ich habe mich sowieso gewundert, daß er noch keine Ordnung in den Kreis der Hexen hineingebracht hat. Mittlerweile aber sehe ich Land.«

»Jirica«, murmelte Suko. »Welch ein Name! Kannst du damit etwas anfangen?«

»Nicht unbedingt.«

»Er ist dir also fremd.«

»Und hört sich auch so an«, sagte ich. »Jirica . . .« Ich dachte über den Namen nach. »Eigentlich würde ich sagen, daß wir in Richtung Mittel- oder Südamerika suchen sollen.«

»Das meine ich auch.«

Ich runzelte die Stirn. »Bisher sind wir von dieser Magie so gut wie verschont geblieben. Auch der Panther deutete darauf hin. Er ist ein Tier, das in diesen Breiten lebt. Asmodis muß tatsächlich in Panik sein, wenn er quer durch die Welt forscht und sich auch auf der anderen Seite der Erde seine Verbündeten sucht.«

»Die er in Blackmoor konzentrieren wird.«

»Damit rechnest du fest?« fragte ich ihn.

»Ja.«

»Ich ebenfalls«, gab ich zu. »Sogar sehr fest. Uns wird nichts anderes übrigbleiben, als diesem netten kleinen Sumpf und den so freundlichen Leuten von Blackmoor abermals einen Besuch abzustatten.«

Suko hob die Schultern. »Ich habe es ja damals

geahnt. Du hättest eben den Stein nicht in den Sumpf werfen sollen.«

Heftig winkte ich ab. »Ja, ja, bist du allwissend?«

»Leider nicht . . .«

*

Wenn ein Grusel-Regisseur einen Film drehen wollte und eine passende Gegend dafür suchte, brauchte er mit seinem Team nur nach Mittelengland zu fahren, in die Nähe der Stadt Blackmoor, denn dort fand er alles, was sein Herz begehrte.

Ein großes Moor, eine alte Burgruine, einen kleinen Ort, dessen Bewohner sich unter dem unheimlichen Fluch einer alten Vergangenheit duckten und dementsprechend verschlossen waren, und er fand auch den für England so typischen Nebel, der sich fast das gesamte Jahr über in den Feuchtgebieten bildete.

So auch an diesem kühlen Morgen.

Vom schwarzen Moor selbst war zu dieser Stunde noch nicht viel zu sehen. Die Nebel der Nacht hatten sich noch längst nicht gelichtet und lagen wie eine dicke Schicht aus Tüchern über der Fläche. Sie verdeckten alles, und selbst die abgestorbenen Bäume, deren Äste an erstarrte dunkle Schlangen erinnerten, waren nicht zu sehen.

Der Nebel verbarg auch die Tücke des unheimlichen Moores. Es gab nur wenige Menschen, die die Wege quer durch den Sumpf kannten.

Meist nicht mehr als handtuchbreite Pfade, wo jeder Schritt, den man vom Weg abkam, zum Verhängnis werden konnte.

Für einen Fremden strömte diese Gegend allein durch ihre Existenz eine gewisse Angst aus, deshalb blieb der kleine Ort Blackmoor auch in einer gewissen

Vergessenheit, und Besucher waren so selten wie nebellose Tage.

Das Moor schwieg und »redete« dennoch.

Es lag nicht still. Hin und wieder ertönte ein Glucksen oder Ächzen. Manchmal platschte auch etwas, dann wieder ertönte ein Knacken oder ein heftiges Flattern, wenn ein eben aus seinem Nachtschlaf erwachter Vogel in die graue Suppe hineinstieß.

Es war schon unheimlich. Ein einsamer Spaziergänger brauchte sich erst keine Gestalten auszumalen, er sah sie auch so, wenn ein leichter Windstoß über die von grauen Schleiern bedeckte Fläche fuhr und die Nebelschwaden bewegte, so daß sie zu tanzenden, sich drehenden Figuren wurden, als wären sie die Geister der hier im Moor versunkenen Personen.

Blackmoor hatte seine Geschichte. In der Vergangenheit als auch in der Gegenwart. Es hatte den Hexenwürger Mason Cordtland gegeben, der aus der Tiefe das Moores gestiegen war, um als Untoter seiner Aufgabe nachzukommen. Mit einer Peitsche hatte er in der Vergangenheit die Hexen erwürgt und auch in der Gegenwart, wobei er keinerlei Rücksicht auf die im Ort lebenden Menschen nahm. Sogar seinen direkten Nachkommen, einen Bing Cordtland, hatte er damals in den Sumpf gestoßen, um ihn durch seine Magie später als Zombie zurückzuholen.*

Das alles wußten die Bewohner von Blackmoor, und das machte sie nicht glücklicher. Im Gegenteil, sie wurden noch verschlossener und trauten keinem Fremden, denn sie hatten eine Hölle hinter sich, und sie wußten auch, daß der geheimnisvolle Hexenstein, um den sich alles drehte, noch existierte.

Tief, sehr tief lag er im Moor vergraben.

*Siehe John Sinclair Nr. 267+268

Und doch war er manchmal zu sehen, wie glaubwürdige Zeugen behaupteten. Denn sie hatten in manchen Nächten einen grünen Schein gesehen, der das große Moor veränderte, so daß es in den Sekunden wie eine kompakte Masse aus grünem Glas gewirkt hatte.

Es gab ihn also. Solange es ihn gab, würde Blackmoor keine Ruhe haben, das wußten die Menschen auch.

Dieser Nebelmorgen war so normal wie zahlreiche vor ihm. Man konnte keine Unterschiede feststellen. Irgendwann würde sich der Nebel zum größten Teil auflösen, so daß die unheimliche schwarze Sumpffläche wieder zum Vorschein kam.

Noch lag er dicht wie eine Wand, aber es war nicht mehr so kalt. Der Frühling ließ sich auch in Mittelengland nicht verleugnen. An manchen Tagen kam sogar die Sonne durch und löste die grauen Schwaden mit ihrer Kraft auf.

Auch die Stille gehörte dazu. Das Moor schwieg. Es würde auch nie »reden« und seine Geheimnisse stets für sich behalten, vorausgesetzt, es versuchte keiner seine Ruhe zu stören.

Aber gerade danach sah es an diesem Morgen aus.

Irgendwo in der Ferne war das Geräusch aufgeklungen. Ein dumpfes, gleichmäßiges Knattern, das bald lauter wurde und anzeigte, daß sich jemand näherte.

Etwas Fremdes störte die Ruhe. Nichts Altes, in der Vergangenheit Begrabenes, sondern ein Laut, der überhaupt nicht in diese Gegend hineinpaßte:

Motorengeräusch!

Natürlich gab es nicht nur den Sumpf. Es mußte einfach ein Weg existieren, der nach Blackmoor führte, denn ein Besucher konnte das Moor nicht durchqueren.

In der Tat existierte eine Art Straße, die an einer Seite des Sumpfes entlangführte und in Blackmoor endete.

Diese Strecke wurde zweimal in der Woche von

einem Lebensmittelwagen benutzt, gelegentlich auch vom Arzt. Der Wirt holte seinen Nachschub auf dieser Strecke, und sie wurde auch immer freigehalten, da man sie als einzige Verbindung zwischen Blackmoor und der übrigen Umgebung bezeichnen konnte.

Noch war das Geräusch ziemlich weit entfernt, auch verzerrte der Nebel die Laute, aber es kam näher. Aus den grauen, trägen Schwaden schien es zu dringen, und schon bald zeigten sich die ersten Umrisse derjenigen Fahrzeuge, die sich für das Geräusch verantwortlich zeigten.

Es waren Motorräder!

Sie hatten diese Strecke relativ leicht bewältigt, und auch ein Knüppeldamm bereitete ihnen keinerlei Schwierigkeiten. Die tiefprofiligen Reifen der Zweiräder kamen überall durch.

Wenn die Maschinen über die mit Bohlen belegten Knüppelstrecken fuhren, wurden ihre Fahrer durchgeschüttelt, und die Stoßdämpfer mußten Schwerstarbeit leisten.

Sechs Maschinen waren es.

Die erste war besonders auffällig. Sie besaß einen hohen Lenker im Easy-Rider-Stil. Gefahren wurde sie von einer Person, deren zweifarbige Mähne unter einem Helm verschwand. Auch hinter dem mit Schmutzflecken beschmierten Sichtvisier waren die Züge nur schwammig zu erkennen, und die kräftigen, in Handschuhen steckenden Finger hielten den Lenker hart umklammert, so daß er der Fahrerin auch bei harten Stößen nicht aus den Händen geschleudert wurde.

Hintereinander mußten sie fahren, um nicht vom schmalen Pfad abzukommen. In den Sumpf zu rutschen, hätte den Tod bedeutet.

Rechts von ihnen lag das Moor.

Hin und wieder riskierten sie einen Blick, aber sie

sahen nichts von dieser schwarzen, unheimlichen Fläche, die sich so weit ausbreitete, daß sie bis dicht an die Ruine reichte, wo damals der Hexenwürger sein Domizil gehabt hatte.

Von der Ruine sahen sie nichts, auch nicht von der Ortschaft, die irgendwo vor ihnen liegen mußte.

Stur fuhren sie weiter.

Schon eine Weile waren sie am Sumpf entlang gefahren. Sie passierten auch die Stelle, wo damals Zombies erschienen waren und ein junges Mädchen namens Lydia Barrow angegriffen hatten. Jetzt zeigte sich dort nichts mehr. Der gefährliche Sumpf wirkte wie immer.

Je weiter sie fuhren, um so mehr lichtete sich der Nebel. Die Lichtlanzen der Scheinwerfer stachen jetzt tiefer und wurden erst nach einer Körperlänge verschluckt. Das ließ hoffen.

Stur fuhr Monica weiter. Sie hockte sicher im Sattel der Maschine und hoffte darauf, daß der Köder ausgelegt worden war. Jirica durfte sie auf keinen Fall im Stich lassen. Sie hatte ihr versprochen, alles zu tun, um Sinclair aus dieser weiten Entfernung zu zwingen, sich des mächtigen Hexensteins anzunehmen.

Und für Jane Collins, die ehemalige Hexe, würde John Sinclair alles tun, dieser Narr.

Ein kaltes Lächeln umzuckte für einen Augenblick die Lippen der die Horde anführenden Hexe, und sie mußte das Sichtvisier hochklappen, um besser sehen zu können, da Schlammspritzer und Brackwasser es so gut wie undurchsichtig gemacht hatten.

Hinter ihr rollten die Helfer.

Auf jeden von ihnen konnte sie sich verlassen. Diesen Kerlen hatte sie bewiesen, wozu sie fähig war, und sie akzeptierten sie. Eigentlich waren es sechs gewesen, aber einer hatte nicht mitmachen und sie nicht anerkennen wollen.

Dafür war er von Monica auf grausame Art und Weise umgebracht worden. Die anderen hatten seinem Ende beiwohnen müssen. Seit dieser Zeit lief alles bestens.

Je weiter sie fuhren und je mehr sie sich ihrem Ziel näherten, desto besser wurde die Sicht. Wenn sie nach rechts schauten, sahen sie die schwarze, arbeitende Sumpffläche mit ihren zahlreichen kleinen Erhebungen, auf denen hin und wieder Baumgerippe wuchsen.

Manchmal sahen sie auch hohes Sumpfgras, das die winterliche Bräune noch nicht verloren hatte.

Monica erkannte die Ortschaft zuerst, die erinnerte an einen Spuk, als sie so plötzlich aus den grauen Schwaden erschien. Noch waren keine Einzelheiten auszumachen, es gab auch keine scharfen Trennungen, so daß die Heranfahrenden glauben mußten, ein Haus wäre mit dem anderen verbunden.

Das stimmte nicht. Die Häuser standen schon einzeln, zwischen ihnen befand sich Platz. Schmale Wege führten von der »Hauptstraße« ab zu anderen Gebäuden oder kleinen Feldern, auf denen die Bewohner ihr Gemüse anbauten.

Der Pfad unter ihnen war nicht nur breiter geworden, auch fester. So konnten sie schon nebeneinander fahren, und der Weg wurde besser, je näher sie der Ortschaft Blackmoor kamen.

Sie rollten nun in einer Reihe auf sie zu.

Hätte jemand am Ortseingang gestanden und sie beobachtet, er hätte sicherlich die Bedrohung gespürt, die von dieser Kavalkade ausging.

Dröhnende, zitternde Maschinen mit vermummten Gestalten darauf, die nur eines wollten.

Macht!

Macht über Blackmoor und dessen Bewohner. Erst wenn sie das erreicht hatten, konnten sie sich dem zweiten Teil der Aufgabe widmen und den Hexenstein holen. Aber diese Aufgabe hatte Monica dem Geisterjäger John Sinclair zugedacht. Sie hielt schon Ausschau nach ihm oder seinem silbergrauen Bentley. Von beiden war nichts zu sehen. Das konnte sich zu einem Vorteil auswirken, so hatten die Ankömmlinge Zeit, das Dorf unter Kontrolle zu bringen. Und das würden sie auf jeden Fall und auf ihre Art und Weise.

Mit Gewalt!

Zudem wollten sie von ihren Gewohnheiten nicht abgehen. In London traf man sich stets in einer Kneipe oder einem Gasthaus. So etwas gab es hier auch.

Sie fuhren in den Ort.

Nebeneinander rollten sie her, bildeten eine Mauer, die im Schrittempo von Blackmoor Besitz ergriff. Eine gefährliche Meute, die nach Gewalt und Vernichtung roch.

Wenn sie gesehen worden waren, so zeigten die Bewohner das nicht. Sie hielten sich verborgen. Nur hin und wieder erschien hinter den Fensterscheiben ein blasses Gesicht, das sehr schnell wieder verschwand, als hätte derjenige Angst, von einem der anfahrenden Rockertypen gesehen zu werden.

Ein paar Autos sahen wir. Alte Fahrzeuge, schlammbespritzt, so daß auch der Rost überdeckt wurde. Die Wagen standen an den Rändern der Straße und sahen so aus, als wären sie seit kleinen Ewigkeiten nicht mehr gefahren worden.

Auf der rechten Seite der Fahrbahn lag das Gasthaus. Es war ein alter Bau aus Holz.

Das Schild über dem Eingang war verblaßt. Alles in diesem Ort schien sich dem Moor anzugleichen, so daß es eigentlich nur eine Frage der Zeit war, wann Blackmoor ebenfalls ein Opfer des unheimlichen und gefräßigen Sumpfs wurde.

Vor dem Gasthaus wurden sie langsamer. Sie fuhren einen Bogen, stoppten ihre Maschinen ab und stellten die Motoren ab. Zugleich bockten sie die Maschinen auf.

Stille senkte sich über Blackmoor.

Es war nicht die Stille, die man hier kannte und die das Moor entlassen hatte, diesmal war es eine andere, eine gefährlichere, eine selten erlebte.

Wohl ein jeder wußte, wer das Dorf besetzt hielt, doch niemand zeigte sich. Die Türen der Häuser blieben zu, und auch hinter den Fenstern war kaum Bewegung zu erkennen.

Natürlich hatte man auch hier von Rockern gehört. Trotz der einsamen Lage lebte man nicht am Ende der Welt. Nachrichten aus den Großstädten drangen bis nach Blackmoor, und diese Rocker sahen den Menschen sehr gefährlich aus.

Nur wenige Häuser besaßen elektrischen Strom, und deren Bewohner hockten oft genug vor der Glotzkiste, um sich die Langeweile zu vertreiben.

Die Rocker nahmen ihre Helme ab. Wieder geschah dies wie auf ein geheimes Kommando hin. Monica war einen Moment schneller als ihre männlichen Begleiter. Kaum hielt sie den Helm in der Hand, als sie sich schon das lange Haar ausschüttelte.

Jetzt konnte jeder Beobachter die beiden unterschiedlichen Farben erkennen. Grün und rot, fast so gegensätzlich wie Feuer und Wasser.

»Eddy!« Sie sprach nur ein Wort, und ein Rocker löste sich aus dem Pulk. Es war ein breitschultriger Typ mit einem kahlen Schädel, flachem Gesicht und stechenden Augen.

»Was ist?«

»Wir gehen rein!«

»Alle?«

Die Hexe schaute sich um. Wie ausgestorben lag das Dorf vor ihren Blicken. Dünne Nebelfahnen schwangen über die Fahrbahn und fanden auch ihren Weg in die Lücken zwischen den Häusern. Menschen waren wieder einmal nicht zu entdecken.

Ein knappes Lächeln umspielte die Lippen der Anführerin. »Ja, wir gehen alle. Wer uns finden will, der kann uns finden. Kommt jetzt!« Mit einer letzten Handbewegung machte sie alles klar.

Nebeneinander schritten die sechs Gestalten auf den Eingang zu, und niemand hielt sie auf.

Monica nahm ihren Fuß zu Hilfe, als sie die Tür nach innen drückte. Sie starrte in einen halbdunklen Raum, da durch die Fensterscheiben nur wenig Licht fiel.

Lässig schritten sie tiefer in die Gaststube. Es roch nach Bier, nach kaltem Rauch, eben der übliche Geruch.

Aber auch nach etwas anderen.

Süßlich, und Monica nahm ihn auch sofort wahr, denn sie blieb stehen und »schnüffelte«.

»Hier ist etwas passiert«, flüsterte sie. »Verdammt, ich spüre es genau. Da war schon jemand vor uns hier.«

»Sinclair?« fragte jemand.

»Nein, glaube ich nicht.« Sie ging noch zwei Schritte vor und machte den anderen klar, daß sie warten sollten.

Da spürte sie die Berührung.

Es war ein von oben fallender Tropfen, der sie genau an der rechten Stirnseite erwischt hatte. Sofort fühlte sie mit dem Finger nach, berührte auch die Flüssigkeit und schaute sie sich an.

Sie war rot.

Rot wie Blut . . .

Erst jetzt blickte sie nach oben.

Ein Mensch hätte vielleicht geschrien. Nicht diese Monica. Sie sah im Deckengebälk die Gestalt liegen.

Trotz der schlechten Lichtverhältnisse war zu erkennen, daß man sie auf grausame Art und Weise getötet hatte. Aus einer tiefen Wunde an der Kehle tropfte Blut.

Für die Rocker gab es nur eine Lösung. Der Tote da oben mußte der Wirt gewesen sein, und jemand anderer war eben schneller gewesen als sie . . .

*

Schon damals hatte ich mich über die kräftige Gestalt des Mannes gewundert und auch über das rostrote Haar, das wirr auf seinem Kopf wuchs. Er war gewissermaßen ein Naturbursche und gehörte zu Blackmoor wie der Sumpf und die alte Ruine.

Suko und ich waren heimlich nach Blackmoor gekommen. Praktisch im Schutze des Nebels hatten wir uns in den Ort geschlichen und waren auch nicht mit meinem Wagen gefahren, sondern hatten die Harley des Inspektors genommen. Sie stand versteckt im Arbeitsschuppen der Familie Spiker, und wir befanden uns ebenfalls dort.

Rodney Spiker war kuriert. Als wir ihn damals kennenlernten, hatte er sich gegen uns gestellt, nun aber arbeitete er mit uns zusammen, und er hatte auch versprochen, den Mund zu halten und über unsere Anwesenheit mit niemandem zu sprechen.

Wir aber hatten ihn eingeweiht, und der starke Mann war immer bleicher geworden. Dann war er verschwunden und mit einer Flasche zurückgekehrt, in der sich ein selbstgebrannter Beerenschnaps befand. »Den Schluck habe ich mir verdient.«

Er bot uns ebenfalls einen an, aber wir lehnten ab, denn diese Schnäpse trank ich nur, wenn ich mich anschließend ins Bett legen konnte.

Auch der Alkohol hatte die Blässe aus seinem Gesicht

nicht vertreiben können. Er ließ die Flasche sinken und stellte sie schließlich verkorkt wieder weg. »Und das stimmt alles?« fragte er uns.

Ich hob die Schultern. Wir hockten im Heu, saßen also weich und lehnten uns gegen die Innenwand des Holzschuppens.

Durch die offene Tür fiel Licht, ebenso durch die lukenartigen Fenstern. Dennoch herrschte in der Scheune und dem gleichzeitigen Geräteschuppen ein Halbdunkel. Für uns zum Verstecken ideal.

»Ich muß Ihnen ehrlich sagen, Sinclair, mir ist in der letzten Zeit nichts aufgefallen«, erklärte Rodney Spiker.

»Keine Spur irgendwelcher Hexen?

»Nein. Nachdem Mason Cordtland von Ihnen zerstört worden war, hatten wir Ruhe.«

Ich nickte, wußte aber gleichzeitig, wie trügerisch die Ruhe sein konnte.

»Hat der Sumpf noch einmal ein Zeichen gegeben?« fragte ich.

»Wie meinen Sie?«

»Sie wissen, daß ich den Hexenstein hineingeschleudert habe. Es ist doch möglich, daß er sich noch einmal gemeldet hat, wenn ich das so sagen darf.«

»Sie meinen die Veränderung der Farbe?«

»Ja.«

Spiker schüttelte den Kopf. »Nie, Sir, nie. Wir haben ihn stets beobachtet, aber so etwas nicht gesehen. Tut mir leid, ich kann Ihnen keine Auskunft geben.«

»Dann werden wir eben warten müssen«, meinte Suko.

»Glauben Sie denn, daß die Typen kommen?«

»Davon sind wir überzeugt.«

»Was haben denn Rocker mit Hexen zu tun?« fragte er flüsternd. »Die berühren sich doch nicht . . .«

»Nein und ja. Sie haben die Hexen so erlebt, wie sie

früher waren«, erklärte Suko. »Aber auch dieser Personenkreis hat sich der modernen Zeit angepaßt. Ich will Ihnen ein Beispiel geben. Es ist nicht unbedingt gesagt, daß sich ein Computer und die magische Kraft einer Hexe abstoßen. Die beiden können ohne weiteres zusammenarbeiten. So etwas ist inzwischen möglich.«

»Hätte ich nicht gedacht«, gab Spiker zu.

»Vor Überraschungen sind Sie . . .« Suko verstummte, denn ich hatte einen Finger auf meine Lippen gelegt, und Suko verstand sofort. Auch Spiker fragte nicht mehr weiter. Er blieb starr sitzen.

Wir lauschten zu dritt.

Und wir hörten das Geräusch.

Man konnte es als gleichmäßig und dennoch knatternd bezeichnen. Suko, der Motorradfahrer, wußte sofort Bescheid. Auch ich hatte die Laute bereits identifiziert.

Die Rocker kamen. Sie waren auch auf diese Entfernung hin einfach nicht zu überhören.

Von Sekunde zu Sekunde steigerte sich das typische Brummen und Knattern. Rodney Spiker hockte mit offenem Mund zwischen uns und wagte kaum, Luft zu holen. Mit flüsternder Stimme sagte er: »Jetzt haben sie das Dorf erreicht.«

Ich stand auf, kümmerte mich auch nicht um das Strohrascheln und ging zur Tür. Dort vernahm ich die Geräusche deutlicher und bekam auch mit, wie sie plötzlich verstummten. Die Stille kam uns direkt ungewöhnlich vor.

»Sie haben angehalten«, sagte ich.

»Wo?« fragte Spiker.

Ich hob die Schultern.

»Vielleicht am Gasthaus, wo ich schon gegen die Hexen gekämpft habe«, meinte Suko.

»Das kann sein«, gab ich leise zurück. »Rocker brauchen schließlich ihr Hauptquartier.« Schritte ließen mich aufhorchen. »Da kommt jemand.« Mit diesen Worten zog ich mich zurück, denn die Schritte kamen direkt auf die Scheune zu.

Suko stand bereits und tauchte in den Hintergrund. »Wir verstecken uns«, wisperte ich Spiker noch zu.

Er nickte nur.

»He, Rod, bist du hier?« Es war eine helle Stimme, die gesprochen hatte.

»Ja.« Rod gab Antwort und ging zur Tür.

In dem helleren Spalt erschien eine Frau. Sie war nicht älter als 30, und ich erkannte aus meiner Deckung ihr bleiches Gesicht. Sie faßte Rod Spiker an. »Mein Gott, da sind welche gekommen, Rod.«

»Ich habe es gehört.«

»Das sind so Rocker. Ich sah sie von meiner Wohnung aus. Keiner traut sich hinaus.«

»Und wo sind sie jetzt?«

»Im Gasthof.«

Spiker trat einen Schritt zurück. »Ich danke dir für die Information, Kate.«

»Mehr sagst du nicht?«

»Was denn?«

»Wir müssen doch etwas tun. Wer weiß, was diese Typen hier anstellen. Die bringen es fertig und zünden unser Dorf an, dann ist nichts mehr übrig, wenn du verstehst . . .«

Rod winkte ab. »So schlimm wird es nicht kommen. Tu mir einen Gefallen, Kate. Rede mit den anderen, sofern sie überhaupt greifbar sind. Schärfe ihnen ein, daß sie in den Wohnungen und Häusern bleiben. Hier kann bald etwas passieren . . .«

»Geht es wieder um die Hexen?«

»Auch, aber mehr um den Stein. Ich kann dir nicht mehr sagen.« Rodney streckte den Arm aus und drückte die Frau zurück. »Bitte«, sagte er drängend, »tu mir den Gefallen!«

»Wenn du meinst . . .«

»Ich meine, Kate.«

Die Frau hatte verstanden. Sie drehte sich auf der Stelle um und ging weg. Rodney schaute ihr nach. Suko und ich warteten, bis ihre Schritte nicht mehr zu hören waren, erst dann trauten wir uns aus unserer sicheren Deckung wieder hervor.

Der rothaarige Rodney Spiker schaute uns schon entgegen. »Sie haben alles gehört?«

»Das blieb nicht aus.«

»Und?«

»Nichts und«, erwiderte ich. »Es ist so gekommen, wie wir es erwartet haben.«

»Das . . . das glaube ich. Aber was wollen Sie jetzt tun? Können Sie mir das verraten?«

»Wir werden uns die Sache natürlich ansehen, das ist völlig klar. Aber darüber brauchen Sie sich keinerlei Gedanken zu machen. Wir erledigen das.«

»Soll ich hierbleiben?«

»Nein, aber sehen Sie zu, daß die Dorfbewohner auch tatsächlich in den Häusern bleiben. Hier kann eine Hölle ausbrechen! Muß aber nicht, wir werden jedenfalls unser Bestes tun.«

Spiker nickte. »Das hoffe ich doch sehr«, flüsterte er. »Auch ich will mich bemühen.«

Wir waren schon an ihm vorbei. Suko zog die Dämonenpeitsche und schlug einen Kreis über den Boden.

Rodney bekam große Augen. »Die kenne ich noch«, hauchte er. »Ja, die habe ich schon in Aktion gesehen.«

»Und sie hat noch nichts von ihrer Kraft verloren«, erklärte Suko voller Optimismus . . .

*

Sechs Gesichter schauten zur Decke, sahen die Leiche und auch das Blut aus der Wunde tropfen. Auf einer bestimmten Stelle am Boden hatte es bereits eine kleine Lache gebildet, die auch nicht mehr im Sägemehl versickerte.

Auch unter den fünf männlichen Rockern gab es einen Mann, der so etwas wie den Anführer spielte. Man nannte ihn nur Toxer, und er war neben Monica das brutalste Mitglied der Gruppe. Sein Haar war lang, schwarz und fettig. Die Haut in seinem Gesicht wies stets einen öligen Schimmer auf. Dunkler waren seine Bartschatten. Als er auf die Hexe zuschritt, klirrten seine Waffen.

»Da war wohl jemand schneller gewesen als wir«, erkärte er.

»Sieht so aus.«

»Weißt du mehr?«

»Möglich«, erwiderte die Frau.

»Und?«

Die Hexe mit den bunten Haaren ging bis zu einem der kantigen, dicken Holztische und stützte sich dort ab. »Es ist sogar möglich, daß ich den Täter kenne.«

Diese Antwort überraschte die fünf Rocker. Sie wurden ein wenig unruhig, blieben aber gelassen, da ihre Anführerin keine Nervosität zeigte. »Es kann durchaus sein, daß meine Schwester diese Tat vollbracht hat.«

Bis auf Eddy sagte niemand etwas. »Du hast eine Schwester? Davon hast du uns nichts berichtet.«

Scharf winkte sie ab. »Keine Schwester im eigentlichen Sinne, eine Hexenschwester, mit der ich mich zusammengetan habe, denn dieser Fall hier ist kompliziert.«

»Davon hast du uns nichts gesagt!« beschwerte sich ein anderer.

»Mußte ich das?«

»Du hast mit gezinkten Karten gespielt.«

»Nein, nur mit einer Rückendeckung, das ist alles.«

»Erzähl doch«, drängte Toxer.

Monica nahm auf der Tischplatte Platz. »Diese Hexenschwester, von der ich sprach, heißt Jirica. Sie stammt nicht von hier, nicht einmal aus Europa. Ihre Heimat ist Mexiko, die Halbinsel Yucatan. Dort hat sie dem Bösen gedient, und sie hat wie ich den Ruf des Teufels empfangen, denn der Satan kann es einfach nicht hinnehmen, daß die von Wikka gegründete Allianz so plötzlich aufgelöst wurde. Dagegen mußte man etwas tun, und das haben wir gemacht. Jirica und ich schlossen uns zusammen, denn es ging uns beiden um den Stein. Begreift ihr? Sie hatte die Voraussetzungen dafür geschaffen daß wir überhaupt so nahe an den Hexenstein herankamen. Durch sie konnte ich Sinclair erpressen. Sie hat seine Freundin in ihre Gewalt gebracht. Allerdings wundert es mich, daß sie hergekommen ist. Das war nämlich nicht abgesprochen.«

»Sie will doch den Stein auch haben«, erkärte Toxer.

Verbissen schüttelte Monica den Kopf. »Nein, der gehört mir, verflucht. Sie soll ihn nicht kriegen. Ich will ihn haben und damit meine Macht ausbauen.«

Zwei Rocker gingen dorthin, wo hinter der Theke die Flaschen im Regal standen. Sie wollten zwei nehmen, dagegen hatte Monica etwas. »Ihr sollt nicht saufen!« zischte sie.

Die beiden zogen die Hände zurück, als hätten sie in Feuer gefaßt.

Sie hatten Angst vor diesem Weib, das plötzlich einen Anflug von Nervosität zeigte.

Toxer merkte etwas. »Das gefällt dir wohl nicht, was?«

»Nein.«

»Und was willst du tun?«

»Auf Sinclair warten. Er muß uns helfen, denn er ist dazu gezwungen worden.«

»Soll er in den Sumpf kriechen und den komischen Stein hervorholen?« fragte Toxer spöttisch.

»Halt deinen Rand! Du weißt nichts.«

Eddy wollte auch etwas sagen. Er hatte einen Daumen hinter den Gürtel gehakt und sich breitbeinig aufgestellt. In dieser Haltung verströmte er eine Aura der Gewalt. »Es kann doch sein, daß dieser Sinclair schon hier ist.«

Monica senkte ihren Blick und schaute den Rocker scharf an. Sie dachte nach. Schließlich nickte sie. »So unrecht wirst du wohl nicht haben. Auch ich komme zu der Überzeugung, daß sich Sinclair in Blackmoor aufhält, sich aber nicht zeigt.«

Eddy grinste dreckig. »Dann holen wir ihn uns.«

Von Toxer bekam er Unterstützung. »Ist wirklich besser, wenn wir ihn uns schnappen, sonst führt er uns an der Nase herum.«

Die Hexe ließ sich überzeugen. »Gut, wir machen es. Irgend jemand aus Blackmoor wird ja wissen, wo wir ihn finden. Der Geisterjäger kann sich zum Glück nicht auflösen.«

Eddy rieb seine Hände. »Ich freue mich schon auf diese Arbeit. Wetten, daß wir Antworten kriegen?«

Die anderen lachten. Ihre Anführerin ließ sie, denn auch ihr machte es nichts aus, Menschen zu quälen und zu töten, wenn dabei ein Vorteil heraussprang.

»Gut, ihr könnt . . .«

Das Zischen klang plötzlich auf. Es kam von draußen, und gleichzeitig war auch ein Knattern zu hören. Durch die offene Tür zuckte ein rötlicher Schein.

»Da brennt was!« rief Toxer.

Er wollte vor, einer der anderen Rocker war schneller. Der junge Mann riß die Tür auf, sprang über die

Schwelle, und die anderen sahen deutlich, daß sich die Umrisse seines Körpers vor den Flammen abhoben.

»Verdammt, die Maschinen!« schrie er. »Sie . . .«

Er hatte bestimmt von einer Explosion sprechen wollen. Dazu kam er nicht mehr, da sich das Feuer so weit ausgebreitet hatte, daß es das Benzin in Brand setzen konnte und die sechs Maschinen gleichzeitig zerriß.

Die mörderische Explosion zerfetzte nicht nur die Motorräder, ihre Flammensäulen jagten auch gegen die Tür, und der Druck packte sie, gleichzeitig zerstörte er Scheiben und schleuderte durch die Türöffnung eine heiße Feuerwand in den Raum.

Zusammen mit einem brennenden Menschen. Den nach draußen gelaufenen Rocker hatte es voll erwischt. Bis zur Theke wurde er geschleudert. Er konnte nicht mehr schreien, er war schon tot.

Auch die im Gasthaus wartenden Rocker waren durch die Druckwelle zurückgewirbelt worden. Sie lagen am Boden, überschlugen sich dort und spürten den Gluthauch der langen Feuerzungen.

Nur Monica blieb stehen. Sie zeichnete mit den Händen ein Hexendreieck in die Luft. Hastig murmelte sie dabei Beschwörungen, die eine Antikraft zum fauchenden Feuer bildeten.

Die Flammen zogen sich nicht nur zurück. Sie sanken auch zusammen. Nur mehr träger, beißender Rauch drang durch die geöffnete Tür in das Gasthaus hinein.

Die Hexe drehte sich um. Aus ihren kalten, dunklen Augen schaute sie in die Gesichter ihrer Helfer, von denen jetzt einer fehlte. Die vier Rocker waren bleich geworden.

Selbst Toxer wischte mit einer fahrigen Bewegung über seine schweißnasse Stirn und murmelte ein »Verdammt, verdammt«.

»War das deine Schwester?« fragte Eddy.

Monica nickte. »Ich rechne damit.«

Toxer schüttelte den Kopf. »Dann muß sie verrückt sein. Sie kann sich doch nicht gegen dich stellen. Das ist der reinste Blödsinn. Ich begreife das nicht . . .«

»Mich wundert es auch«, gab Monica zu. »Wahrscheinlich habe ich sie unterschätzt.« Ihre Gestalt straffte sich. »Aber das passiert mir nicht noch ein zweites Mal.«

»Sollen wir sie holen?«

»Und wie?«

Die Sicherheit ihrer Anführerin hatte sich auch auf die Rocker übertragen. Niemand widersprach ihr. Es stellte sich ihr auch keiner in den Weg, als sie auf die Öffnung zuschritt, wo es einmal die Tür gegeben hatte. Sie ging als erste nach draußen.

Ein Blick nach links zeigte ihr, daß sie sich nicht getäuscht hatten. Von den Maschinen war so gut wie nichts mehr zurückgeblieben. Jedenfalls nichts, was noch zu gebrauchen war.

Nur mehr einen Haufen Blech, der eine gewaltige Hitze ausstrahlte, sich verbog oder zusammenzog. Nicht einmal ein Lenker stand noch vor. Selbst das Scheinwerferglas war zu Klumpen geschmolzen.

Der stechende Geruch nach verbranntem Gummi schwebte über der Straße. Hintereinander verließen die Rocker nach ihrer Anführerin die Gaststätte. Auch jetzt zeigte sich kein Einwohner auf der Fahrbahn. Man konnte das Gefühl haben, in einer Geisterstadt zu stehen.

Aber so war es nicht.

Die Gefahr lauerte nach wie vor, und sie war auch zu hören, beziehungsweise zu sehen.

Zuerst vernahmen Monica und ihre Kumpane das häßliche Lachen. Es schallte aus der Höhe zu ihnen herab.

Sie mußten nach rechts, quer über die Straße schauen, um die Person sehen zu können.

Sie saß auf dem Dach, hatte einen Arm in die Luft gestoßen und umklammerte mit ihren Beinen den Körper eines pechschwarzen Panthers . . .

*

Der Nebel war noch nicht aus dem Dorf gewichen und hatte auf unseren Gesichtern eine feuchte Schicht hinterlassen. Wir waren in Blackmoor bekannt, denn der Fall, unter dem die Einwohner des Ortes gelitten hatten, war noch in frischer Erinnerung. Wenn man uns jetzt sah, würde man sofort Verdacht schöpfen und uns die entsprechenden Fragen stellen.

Deshalb blieben wir immer im Schatten der Häuser, als wir uns der Hauptstraße näherten.

Wir sahen auch den Turm der Kirche. In diesem Gebäude hatte sich Suko damals verbarrikadiert, als er gegen die Hexenbrut kämpfte. Die Kirche ließen wir rechts liegen und näherten uns immer mehr der Hauptstraße, wo auch das uns bekannte Gasthaus lag. Diese Häuser sind immer Treffpunkte für Fremde. Da würden auch die Rocker keine Ausnahme machen, aber wir wollten uns selbst überzeugen.

»Sollen wir uns trennen?« fragte Suko.

»Weshalb?«

»Wenn wir von zwei Seiten kommen, ist das besser.«

Ich nickte. »Okay, einverstanden.«

»Dann nähere ich mich vom Dorfende dem Ziel.« Mein Freund wartete eine Antwort meinerseits erst gar nicht ab und verschwand aus meinem Blickfeld wie ein Schatten.

Schon verschluckte ihn der Nebel.

Ich wartete noch.

Über dem Ort lag nach wie vor diese unnatürliche Ruhe, die auch in einen Ort an einem einsamen Moor nicht hineinpaßte. Für mich waren es die Schatten der Furcht, die die Bewohner unter Kontrolle hielten.

So leise wie möglich bewegte ich mich weiter. An der Schmalseite eines Wohnhauses ging ich vorbei, durchquerte auch einen nicht umzäunten Garten und sah schon die Rückfront des Gasthauses vor meinen Augen.

Ich sah auch noch mehr.

Aus dem über den Häusern liegenden grauen Nebel schälte sich ein feuriger Schein, der sich mit einer hohen Geschwindigkeit bewegte.

Er kam aus westlicher Richtung. Ich sah ihn über den Himmel huschen und sprang schnell hinter einer hohen, zweiräderigen Karre in Deckung. Über meinen Kopf huschte er hinweg. Allerdings so hoch, daß ich schon drei Leitern gebraucht hätte, um ihn greifen zu können.

Da ich mich sehr auf ihn konzentriert hatte, konnte ich im Moment des Vorbeifliegens erkennen, daß sich in dem Schein eine Gestalt befand.

Eine Frau!

Flammenumlodert hockte sie auf dem Rücken eines pechschwarzen Panthers, hatte die Arme erhoben und ließ sich von dem aus dem Maul wehenden Feuer umschmeicheln.

Ich wußte Bescheid.

Obwohl ich diese Person mit den langen dunklen Haaren zum erstenmal in meinem Leben sah, kannte ich sie aus den Berichten meines Freundes Yakup.

Diese Hexe, die den Namen Jirica trug, hatte in Frisco Jane Collins zwingen wollen, etwas über den Hexenstein zu verraten. Und nun befand sie sich hier.

Ein Zufall?

Niemals. Das war magische Voraussicht und gehörte zu einem genau ausgeklügelten Plan.

Es war mir nicht mehr möglich, sie auch weiterhin zu beobachten, denn einen Moment später entschwand sie meinen Blicken. Ich sah nur noch, wie sie ihre Richtung ein wenig veränderte und zu einem Sturzflug anzetzte.

Und schon war sie weg.

Ob sie mich gesehen hatte, wußte ich nicht. Wahrscheinlich lagen ihre Aufgaben woanders, und so drückte ich mich aus meiner Deckung hoch, um den letzten Rest des Weges zu laufen, der mich an die Rückseite des Gasthauses brachte.

Ich geriet dabei auf einen Hinterhof, der zudem mit allerlei Gerümpel vollgestopft war. Es kam mir zugute, denn in dessen Deckung bewegte ich mich weiter.

Ich war gut bewaffnet. Auch meinen Bumerang hatte ich für den Notfall eingesteckt. Diese Waffe war ungemein stark. So manchen Sieg konnte sie sich an ihre Fahnen heften.

In Blackmoor kannte jeder jeden, hier traute jeder jedem. Deshalb war die Hintertür auch nicht abgeschlossen. Ich zog sie behutsam auf, da sie knarrte, schlüpfte schließlich durch den Spalt, um in einen Gang zu gelangen, wo ich erst einmal abwartete.

Düster war es. Links von mir sah ich die Umrisse eines fast bis zur Decke reichenden Schranks, vor mir führte der Gang weiter, und ich vernahm auch Stimmen.

Sie mußten aus dem Gastraum zu mir dringen. Was gesprochen wurde, konnte ich nicht verstehen, dazu war die Entfernung zu groß.

Dafür hörte ich die Schreie, dann eine Explosion und hatte das Gefühl, als würde das Haus zusammenbrechen, so sehr wackelten seine Mauern.

Unwillkürlich hielt ich mich am Schrank fest. Unter einer vor mir liegenden Türritze sah ich einen rötlichen Feuerschimmer. Der paßte genau zu der von mir wahrgenommenen Explosion, und ich war gespannt, was geschehen würde.

Die Schreie verstummten. Sekundenlang blieb es unnatürlich still. Ich wischte über mein schweißnasses Geicht, bevor ich auf leisen Sohlen die Tür erreichte, unter der ich den flackernden Feuerschein gesehen hatte.

Jetzt war er verschwunden.

Auch ich vibrierte innerlich. Sollte ich die Tür aufziehen und wie ein alter Kastenteufel in den Raum springen? Oder sollte ich es vorsichtiger angehen lassen?

Ich entschied mich für die zweite Möglichkeit.

Die Klinke befand sich in Griffweite. Langsam drückte ich sie nach unten, preßte die Tür behutsam auf und peilte in den hinter ihr liegenden Gastraum.

Zunächst einmal endeckte ich nur die Theke. Über sie konnte ich hinwegblicken und stellte fest, daß sich niemand mehr in der Schänke aufhielt.

Aber die Ausgangstür zitterte noch. Ein Beweis, daß die Anwesenden den Raum erst vor kurzem verlassen hatten.

Auch mich hielt nichts mehr. So rasch es ging, drückte ich mich über die Schwelle und duckte mich hinter der Theke, so daß ich auch vom Eingang her nicht mehr entdeckt werden konnte.

Es herrschte ein nahezu widerlicher Geruch in dem Raum. Nach verbrannntem Gummi stank es, nach Rauch, nach Feuer und nach verkohltem Holz, denn die verkohlte Eingangstür war durch den Explosionsdruck in den Raum hineingeschleudert worden und lag in der Gaststube. Fenster existierten auch nicht mehr. Nur noch Scherben.

Ich schob mich ein wenig höher und peilte über den Rand der Theke hinweg. Meine Gegner standen schlecht. Ich hörte sie zwar, konnte sie jedoch von meinem Standort nicht entdecken.

Dafür sah ich etwas anderes.

Es tropfte von der Decke, ich schielte hoch und hatte das Gefühl, mein Herz würde plötzlich zu Eis.

Im Dachgebälk lag ein Toter. Ich riskierte es, holte meine kleine Lampe hervor und leuchtete schräg nach oben.

Ich sah die Wunde.

Nein, ein Mensch konnte so etwas nicht gemacht haben, das mußte eine wahre Bestie gewesen sein. Ich wurde sofort wieder an den Panther erinnert, auf dem die Hexe gesessen hatte.

Ja, für einen solchen Mord kam nur dieses widerliche Tier in Frage. Natürlich angeleitet von Jirica, der Hexe. Jetzt konnte ich mich darauf einstellen, wie gefährlich sie war.

Die Stimme der Frau, die ich in London schon gehört hatte, lenkte mich ab. Auf der Straße war sie erklungen, und sie redete mit einer Person, die ich ebenfalls nicht sah, aber davon ausging, daß es sich um Jirica handelte. Eine Frauenstimme antwortete Monica, wobei ich noch nicht auf die Worte achtete, da ich fast über einen Körper gestolpert wäre, der vor der Theke lag.

Es war ein Toter.

An der Kleidung, die zwar zum größten Teil verbrannt war, erkannte ich den Rocker.

Ich zählte nach. Fünf hatte dieses verdammte Hexenweib in London bei sich gehabt. Jetzt mußte sie sich nur mehr mit vier Helfern zufriedengeben, vorausgesetzt, sie hatte sich keinen Nachschub geholt.

Ich bedauerte den toten jungen Mann. In seinem kurzen Leben hatte er alles falsch gemacht und sich auf die verkehrte Seite gestellt. Die Quittung dafür hatte er heute bekommen.

Geduckt bewegte ich mich auf das Fenster links von der Tür zu. Da war die Scheibe vollständig aus dem Rahmen geblasen worden. Nicht einmal ein Splitter steckte noch.

Vor dem Fenster ging ich in die Hocke. Unter meinen Füßen knirschte das Glas. Ein schleifendes Geräusch entstand, als ich die Beretta aus dem Halfter zog.

Behutsam drückte ich mich wieder hoch und peilte über den Rand des zerstörten Fensters hinweg.

Gleichzeitig hatte ich auch die Beretta angehoben, zielte mit ihrer Mündung nach draußen und visierte den Rücken der mitten auf der Fahrbahn stehenden Hexe an . . .

*

Sie bot ein dämonisches, faszinierendes und gleichzeitig unheimliches Bild. Einen Arm hatte sie in die Luft gestoßen und sich auf dem Rücken des Panthers so gedreht, daß sie vom Dach her schräg auf die Straße schauen konnte, wo ihre Hexenschwester inmitten ihrer auf vier Mann reduzierten Schutztruppe stand.

War sie die Siegerin?

Es sah alles danach aus, und sie lachte auch wieder bösartig auf.

Ob schön oder nicht schön, das ist Geschmacksache. Jedenfalls ging von ihr eine exotische Faszination aus.

Das Gesicht war ein wenig breit. Da wies sie tatsächlich Ähnlichkeit mit einer Indianerin auf. Auch die schräg stehenden Augen mit den dunklen Pupillen deuteten darauf hin. Im Gegensatz dazu stand der breite Mund mit den geschwungenen Lippen. Ihr Haar war pechschwarz, und das Gesicht zeigte diesen dunklen, öligen Teint. Man konnte sie nicht als wahre Schönheit bezeichnen, aber sie besaß ihren Reiz, sicherlich besonders für europäische Geschmäcker.

Ganz im Gegensatz dazu stand ihre Hexenschwester. Dieses moderne, mit allen Wassern gewaschene Weib. Punker- und rockerartig aufgemotzt. Mit verschiedenen Haar- und Fingernägelfarben. Dazu in dicker Lederkleidung, die mit zahlreichen Anzeichen und Stickern behangen war. Einen größeren Gegensatz konnte es nicht geben.

Doch dienten beide nur dem einen.

Der schwarzen Magie oder dem Teufel!

Noch hatte Monica das Lachen der anderen mit keiner Reaktion erwidert, aber sie wußte sofort, daß sie und Jirica nicht zueinander paßten, daß sie zwar auf der Entfernung hatten zusammenarbeiten können, hier aber Todfeinde waren.

Jirica, die Urwaldhexe, hatte ihre Macht demonstriert und gezeigt, wie sie mit Produkten der Technik umging, auf die sich die Helfer der mordenden Hexe verließen. Und sie hatte sich auch nicht gescheut, einen der Rocker brutal zu vernichten.

Der schwarze Panther stand unbeweglich. Die kalten Augen der Katze waren schräg nach unten gerichtet, auch sie schauten Monica an, als wollten sie die Hexe bannen.

»Ich grüße dich, Hexenschwester aus London!« hallte die Stimme der dunkelhaarigen Jirica über die Straße. »Ich habe darauf gewartet, daß wir uns hier treffen, und ich hoffe, daß du alles zu meiner Zufriedenheit erledigt hast.«

»Was denn?«

»Du solltest den Mann auftreiben, der in der Lage ist, durch sein Kreuz den Hexenstein aus der Tiefe des Sumpfes hervorzuholen. Dafür habe ich gekämpft. Im fernen Frisco haben meine Dienerinnen die Freundin dieses verdammten Geisterjägers gekidnappt, damit du alles in die Wege leiten konntest. Deshalb frage ich dich. Hast du einen Erfolg errungen? Ist Sinclair hier in Blackwood?«

»Siehst du ihn?« schrie Monica zurück.

»Nein.«

»Dann hat unser Plan wohl nicht geklappt.«

Jirica lachte. »Irrtum, Hexenschwester. Er hat sehr wohl geklappt. Sinclair muß hier sein!«

»Dann weißt du mehr als ich.«

»Ja, du bildest dir viel darauf ein, als moderne Hexe zu gelten. Das ist falsch. Ich kenne noch die Magie der Natur und weiß, daß es Kräfte gibt, die man ausnutzen muß. Sie sind vorhanden, aber nicht in eurer Welt, sondern in der meinigen. Deshalb bist du nicht so gut wie ich. Dir fehlt nicht nur etwas, sondern viel. Ich sage dir, Monica, John Sinclair ist in der Nähe.«

Vielleicht hätte die Londoner Hexe auch auf die von Yucatan gehört, wenn Jirica nicht gleichzeitig Bedingungen ausgesprochen hätte. Zudem wollte sich Monica aufplustern. »Du kannst mir erzählen, was du willst. Ich glaube dir kein Wort. Wäre Sinclair in der Nähe, ich hätte ihn längst entdeckt.«

»Nein, du bist nicht gut genug.«

»Dann sag mir, wo er sich aufhält.«

»Später, Schwester, später. Erst einmal will ich die Fronten klarstellen. Du mußt anerkennen, daß ich die bessere bin. Und auf dieser Welt ist nur für eine von uns Platz. Besonders wenn es sich dabei um einen so kleinen Ort handelt wie diesen hier. Hier können nicht zwei gleichzeitig herrschen. Den Hexenstein will ich haben, obwohl ich um die Gefahr weiß, die er in sich birgt. Er kann uns vernichten, Wikka hat es zum Teil zu spüren bekommen, aber wenn ihn ein anderer neutralisiert und für uns durch eine Beschwörung aus dem Sumpf holt, wird er sich auf unsere Seite stellen und diejenige zur Königin machen, die ihn besitzt.«

»Und das willst du sein?« rief Monica in die Rede ihrer Hexenschwester hinein.

»Das werde ich sein.«

»Hast du mich vergessen?«

»Nein, Schwester. Du darfst unter mir dienen und diesen Ort hier verlassen.«

»Wie schön, aber ich will den Stein ebenso wie du. Und ich werde nicht weichen.«

»Auch nicht durch Gewalt?«

Monica tat plötzlich sehr erstaunt. »Du willst kämpfen?« fragte sie lauernd.

»Ja, um diesen Stein. Ich werde ihn bekommen, und ich werde auch keine Rücksicht kennen.«

»Wie du meinst, aber du weißt genau, daß ich nicht allein hier stehe. Ich habe Freunde, Verbündete, die mich beschützen können und sich von dir nichts sagen lassen.«

Jetzt wurde die Urwaldhexe spöttisch. »Meinst du etwa diese vier Kerle an deiner Seite?«

»Siehst du andere?«

»Du hast selbst gesehen, wie ich mit einem von ihnen umgegangen bin. Ob einer oder vier, das spielt für mich keine Rolle. Mein Feuer wird euch in Sekunden verzehren . . .«

Monica wußte, daß die andere nicht bluffte. Sie stellte sich darauf ein und wechselte das Thema. »Dann setz dein Feuer ein, um Sinclair aus seiner Deckung zu holen.«

Das violette Flatterkleid der Urwaldhexe warf Falten, als sich Jirica bewegte. »Ich hole Sinclair, denn ich spüre seine Nähe. Sobald er sich zeigt, verschwindest du, Schwester. Hier ist nur Platz für eine. Wenn ich dich brauche, weiß ich, wo ich dich finden kann. Dann habe ich nämlich den Stein!«

Sie war sehr wütend. Das übertrug sich auf den Panther, der sein Maul weit aufriß und ein Fauchen ausstieß, das laut über die Straße fuhr. Im nächsten Moment hielt ihn nichts mehr auf dem Dach. Es war nicht zu erkennen, ob er den Befehl seiner Herrin bekommen hatte oder aus eigenem Antrieb handelte. Jedenfalls duckte er sich kurz und sprang vom Dach auf die Straße.

Es war ein kräftiger, gewaltiger Sprung. Dennoch sah es fast schwebend aus, wie er allmählich auf der nicht gepflasterten Fahrbahn entgegenkam.

Die anderen bewegten sich kaum. Nur ihre Haltungen drückten etwas von der Spannung aus, die sie umfaßt hielt.

Weich, beinahe sanft landete das Raubtier, und die auf seinem Rücken sitzende Hexe federte kaum nach. Sie und das Tier bildeten tatsächlich eine Einheit.

Noch war sie relativ weit von Monica und ihren vier Beschützern entfernt. Das änderte sich rasch, als Jirica einen Zungenschnalzer ausstieß, der von dem Panther genau verstanden wurde, so daß sich dieser langsam und zielstrebig in Bewegung setzte.

Ein herrliches Tier. Beeindruckend das Spiel seiner Muskeln unter dem glatten Fell. Jeder Schritt war zielsicher und dennoch vorsichtig gesetzt. Dieses Tier war gefährlich und paßte genau auf, ob irgendwo Gefahr in der Luft lag.

Für seine Herrin würde es im wahrsten Sinne des Wortes durchs Höllenfeuer schreiten und sich verbrennen lassen, aber nicht untreu werden.

Auch den Rockern war nicht wohl zumute. Zwar zeigte sich auf ihren Gesichtern keine Angst, Freude aber auch nicht, denn sie spürten etwas von einer fremden, starken und gefährlichen Magie, von der ihnen ihre Anführerin bisher nichts gesagt hatte.

Auch Monica rührte sich nicht. Jetzt Widerstand zu zeigen, wäre ein Fehler gewesen, also blieb sie unbeweglich stehen und wartete zunächst einmal ab.

Jirica kam näher. Schritt für Schritt schmolz die Distanz, so daß die beiden Hexen einander jetzt besser erkennen konnten. Monica las auch den Hochmut auf dem Gesicht der anderen. Jirica wußte, daß sie stark war, und diese Stärke spielte sie aus. Sie hatte Monica, ihre Hexenschwester, bisher nur als Werkzeug benutzt, jetzt, wo die andere die Pflicht getan hatte, wollte sie diese fallen lassen.

Das wußte die Hexe aus London, aber so einfach würde sie es der anderen nicht machen.

Als sich Jirica mit ihr fast auf gleicher Höhe befand, fragte sie: »Wo willst du hinreiten?«

»Ich will dir zeigen, wo unser Feind lauert.«

»Soll das hier sein?«

»Man merkt, daß du nicht gut bist, sonst hättest du ihn längst gespürt. Dir fehlt einiges, Monica . . .«

Die Hexe aus London erstickte beinahe vor Wut. So hatte sie sich noch von keinem behandeln lassen. Auch ihre Rocker zeigten sich irritiert. Allmählich begann das Image der Hexe bei ihnen zu sinken.

Dem wollte sie entgegentreten. Hexenstein hin, Hexenstein her. Hier mußten zunächst einmal klare Machtverhältnisse geschaffen werden. Deshalb ging sie einen Schritt vor, um sich Jirica zu stellen.

Die kümmerte sich nicht um die andere, hielt ihr Reittier an und deutete nach vorn. Dabei wies der langgestreckte Zeigefinger direkt auf ein Fenster.

»Da ist er!«

*

Ich hatte alles gehört und war überrascht, daß mein Kreuz in der Lage sein sollte, den versunkenen Stein wieder aus den Tiefen des Moores hervorzuholen.

Damit hatte ich im Traum nicht gerechnet und mußte darüber zunächst einmal nachdenken.

Hatte die andere gelogen? Wollte Jirica ihr eigenes Süppchen kochen und Monica aus dem Spiel drängen? Darüber brauchte ich nicht lange zu rätseln. Die folgenden Minuten bewiesen mir, daß es tatsächlich so war. Monica aus London war von der Urwaldhexe bisher nur als Spielball benutzt worden.

Das mußte die andere wurmen.

Ich lächelte knapp. Wenn sich zwei streiten, freut sich der dritte. Vielleicht traf das auch bei mir zu. Sollten sich die Hexen ruhig gegenseitig anfeinden, ich würde daraus meine Konsequenzen schon ziehen.

Ich hatte mich ein wenig anders hingekniet, so daß ich an der Fensterecke vorbeischauen konnte und dabei beide Hexen im Blickfeld behielt. Ich bekam deutlich mit, wie sich das schwarze Tier vom Dach des Hauses löste und mit einem geschmeidigen und sanft wirkenden Satz auf die Straße sprang.

Und Jirica war besser!

Sie gab sich überlegen, sicherer, wußte genau, was sie wert war. Mit ihren Worten drängte sie die andere in die Defensive. Die Hexe mit der bunten Haarpracht spielte in diesem Augenblick nur mehr eine zweite Geige.

Auch mir wurde Jirica gefährlich. Ihren Worten entnahm ich, daß sie genau Bescheid wußte. Sie hatte herausgefunden, wo ich mich aufhielt, und ihr Weg führte geradewegs auf das Haus zu, in dem ich mich versteckt hielt.

Ich duckte mich.

Vier Augen starrten auf das scheibenlose Fenster.

Zwei gehörten der Hexe, die anderen beiden dem Raubtier. Für einen Moment dachte ich auch an Suko. Er hatte sich bisher zurückgehalten und war weder von der einen noch von der anderen Hexe bemerkt worden.

Das beruhigte mich ein wenig.

Jirica näherte sich meinem Versteck. Ich konnte die Sekunden schon ausrechnen, wann sie es erreicht haben würde, und plötzlich stoppte der schwarze Panther.

»Da ist er!«

Die Worte schockierten mich nicht einmal. Ich wußte genau, daß es keinen Sinn mehr hatte, wenn ich mich zurückzog, deshalb mußte ich der Gefahr offen ins Auge sehen.

Ich schraubte mich hoch.

Nicht sehr schnell, gemächlich. Die Beretta hatte ich in die Jackentasche gesteckt, ich wollte nicht jetzt schon einen Kampf provozieren. Meine Gestalt erschien im Ausschnitt des Fensterrechtecks, und ich bemerkte das Erstaunen auf den Gesichtszügen der Londoner Hexe. Damit hatte sie nicht gerechnet. Sie hatte es auch nicht gespürt, das widerum mußte sie ärgern, denn es bewies ihr, daß Jirica um Klassen besser war als sie.

Auch die vier Rocker schauten mich an. In ihren Gesichtern malte sich Erstaunen ab. Um die Mundwinkel des Mannes, der Toxer genannt wurde, zuckte ein Grinsen.

»Sieh an, ein Bekannter«, flüsterte er so laut, daß ich es soeben noch verstehen konnte.

»Ja, der Geisterjäger.« Nach den Worten lachte Monica leise. »Hast du doch nicht die Courage gehabt, in London zu bleiben. Asmodis hat recht, du hängst sehr an dieser verdammten Collins.«

»Das ist menschlich«, erwiderte ich. »Im Gegensatz zu euch dämonischen Wesen und Teufelsdienern. So leicht lasse ich keinen Freund oder eine Freundin fallen. Es gibt Menschen, auf die man sich verlassen kann. Ich gehöre dazu.«

»Nur ist das jetzt vorbei!« erklärte Jirica. »Komm aus dem Haus raus, sonst hole ich dich.«

»Moment! Ich lasse mir nichts befehlen. Auch das ist eine menschliche Eigenschaft. Schon gar nicht von meinen Feinden. Und noch etwas möchte ich richtigstellen. Weder die eine noch die andere haben mich gezwungen, nach Blackmoor zu kommen. Jane Collins ist auch kein Druckmittel, denn sie befindet sich außer Gefahr. Oder hat dir Jirica nicht gesagt, daß sie es nicht geschafft hat, Jane in ihre Gewalt zu bekommen, liebe Monica?« Meine Stimme troff vor Hohn.

Die Hexe aus London war erstaunt. Ihre Blicke wechselten zwischen mir und Jirica hin und her. »Nein, das hat sie nicht. Stimmt das, Jirica, oder hat er geblufft?«

»Ich bluffe nicht.«

»Halt du dich raus, Sinclair. Das will ich von ihr wissen. Hat er geblufft?«

»Das hat er nicht.«

»Dann hast du mich belogen. Dir ist es überhaupt nicht gelungen, Jane Collins in deine Gewalt zu bekommen.«

»Ich hatte sie«, erklärte Jirica. »Dann aber kam jemand, der sie befreit hat. Ich hätte mit ihm fertig werden können, aber andere Dinge waren wichtiger, weil ich herkommen wollte. Deshalb habe ich ihn gelassen und mich auf diesen Ort konzentriert.«

»So allmächtig bist du auch nicht«, spottete ich.

Dafür erntete ich einen kalten Blick. »Immer noch stark genug, um dich zu vernichten«, erklärte sie.

»Das haben schon viele versucht.«

»Ich weiß es, denn auch ich habe Kontakt zum Höllenfürsten gehabt. Er selbst hat es ebenfalls nicht geschafft, aber hier haben wir eine andere Situation. Du wirst für uns arbeiten und den Hexenstein durch deine Beschwörungen aus dem Sumpf holen.«

»Darin sehe ich keinen Sinn. Was sollte mich zwingen, euren Wünschen nachzukommen?« Ich lächelte. »Jane Collins befindet sich in Sicherheit. Ich sehe gar nicht ein, daß ich . . .«

»Wir wollen es so!« erklärte Jirica.

»Ich nicht.«

»Wir holen dich. Du kommst gegen uns nicht an. Ich weiß, daß du eine Waffe besitzt, die mit geweihten Silberkugeln geladen ist. Darüber lache ich. Wenn ich will . . .«

»Dann will doch mal!«

Monica hielt es für angemessen, sich ebenfalls in das Spiel einzumischen. Vielleicht wollte sie ihr Image wieder aufpolieren, denn sie hob die Hand und sagte: »Halt!«

Jirica hielt tatsächlich den Mund.

»Ich werde ihn übernehmen!« erklärte Monica. »Los, holt ihn da weg! Oder kommst du freiwillig?«

Sie brauchte gar nicht erst weiterzureden, denn ich wußte, was nun geschah.

Vier Rocker hatten den Befehl genau verstanden. Sie drehten sich auf der Stelle und gleichzeitig um, so daß sie auf die Hausfront und damit auf mich schauen konnten.

In ihren Augen las ich alles. Nur keine Gnade!

Hexen und Rocker. Eine Mischung, die mir überhaupt nicht gefiel. Ich brauchte nur an die Bewaffnung der Kerle zu denken, um zu wissen, daß meine Chancen schlecht standen, denn außer ihren Hieb- oder Stichwaffen waren sie noch mit Revolvern ausgerüstet.

Wenn ich meine Beretta zog, würden sie ebenfalls zu ihren Waffen greifen.

Und sie waren zu viert . . .

»Schlagt ihn nicht tot!« hörte ich Monicas Stimme. »Wir brauchen ihn noch . . .«

Das konnte ich mir gut vorstellen. Ohne Kampf ging nichts mehr. Fragte sich nur, ob ich mich zusammenschlagen lassen oder mitmischen sollte.

Sie hatten sich geteilt. Zwei von ihnen schritten auf die Tür zu, die beiden anderen auf das Fenster. So hatten sie mich von zwei Seiten in die Zange genommen.

Für mich gab es nur eine Möglichkeit. Und die nutzte ich zur Überraschung aller . . .

*

Suko hatte einen großen Bogen geschlagen, da er von der anderen Seite an die Gaststätte herankommen wollte. Ihm waren auch Menschen begegnet, die sich hinter den Häusern aufhielten und nur manchmal einen versteckten Blick auf die Hauptstraße warfen.

Erstaunt wurde er angeschaut. Die meisten Einwohner von Blackmoor konnten sich noch an ihn erinnern. Sie wagten allerdings nicht, ihn anzusprechen. Suko lächelte hin und wieder beruhigend, und oft genug war er aus den Blicken der Menschen verschwunden, als hätte es ihn nicht gegeben.

Plötzlich blieb der Inspektor stehen. Vergessen war sein Ziel, die Gaststätte, denn er hatte etwas entdeckt.

Auf einem Dach sah er die zweite Hexe.

Das mußte Jirica sein, und sie hockte auf dem Rücken eines schwarzen Panthers.

Beide sahen aus wie ein Standbild. Da waren der Mensch und das Tier miteinander verschmolzen. Sie bildeten die perfekte Einheit. Auch Suko erlag gewissermaßen der Faszination dieses Bildes.

Der Inspektor hatte Glück und stand ein wenig

erhöht. Sein Blickwinkel war dementsprechend gut. Er schätzte ab, wie weit es noch bis zu diesem Haus war und kam zu einem guten Ergebnis.

Wenn er zügig lief, nicht länger als zwei Minuten. Diese Hexe hatte sich auf andere Dinge konzentriert. Suko rechnete damit, daß er ungesehen an sie herankommen konnte, und dann würde er gegen sie mit der Dämonenpeitsche kämpfen.

Geduckt rannte er los. Vorsichtig und möglichst lautlos. Er kannte die Hexen, er wußte, daß sie etwas spürten, bevor sie noch sahen. Deshalb rechnete er auch damit, daß Jirica etwas von seiner Ankunft bemerken mußte.

Wem oder zu wem das Haus gehörte, war Suko nicht bekannt. Er hoffte, daß es unbewohnt war, erreichte es und hatte das Glück des Tüchtigen. In diesem Haus wohnte tatsächlich niemand.

Es war eine Scheune, eine Abstellbude, gebaut aus Holz. Schief, mit mehreren Türen und Fenstern und einem noch intakten Dach, auf dem Jirica stand.

Suko hörte von der Hauptstraße her auch Stimmen, und auch die Hexe auf dem Dach redete.

Die Worte interessierten den Chinesen nicht. Er wollte Jirica und, falls es möglich war, sie auch vernichten, denn sie durfte auf keinen Fall ihre Pläne verwirklichen.

Auf einem Raubtier hatte sie gesessen. Für einen Panther war es wohl leichter, auf das Dach zu gelangen. Suko mußte sich erst einen Aufstieg suchen. Zudem drängte die Zeit. An der äußeren Front entdeckte er keine Leiter. Es blieb ihm also nichts anderes übrig, als es von innen zu versuchen. Die Tür war nicht verschlossen. In diesem Ort schloß niemand etwas ab. Jeder vertraute jedem, für Suko war dies ein Vorteil. So konnte er in die Scheune schlüpfen.

Schon nach zwei Schritten blieb er stehen und warf einen Blick in die Höhe. Es war so, wie er es sich gedacht hatte. Durch lukenartige Fenster fiel Licht, ebenso durch die Schrägen dicht an der Dachseite.

Suko schaute hoch zum Gebälk. Es verschwamm in einer diffusen Düsternis. Die kreuz und quer verlaufenden Balken hoben sich kaum noch ab. Suko wußte jedoch, daß er die verdammte Hexe nur dort oben erwischen konnte.

Zu Hilfe kamen ihm die abgestellten Landmaschinen. Sie reichten zwar nicht bis zur Decke, aber mit ihrer Hilfe konnte der Inspektor auf den Heuboden klettern. Von dort war leicht das Dach zu erreichen.

Sofort setzte der Chinese seinen Plan in die Tat um. Er kletterte über eine Egge hinweg, erreichte einen Traktor, bestieg auch ihn und sah in der Nähe einen senkrecht stehenden Balken, an dem er sich festklammern konnte.

Nicht nur das. Der Balken gestattete es ihm auch, daran hochzuklettern. Suko besaß Kraft. Zum Glück, denn die brauchte er. So kam er ohne Schwierigkeiten hoch und erreichte schon die Tenne.

Dort lagen noch Heureste vom Winter. Er nahm den typischen Geruch war und mußte prompt niesen.

Das hätte die Hexe gehört.

Suko bekam den Niesreiz unter Kontrolle und bewegte sich geduckt weiter.

Er erreichte die ersten Querbalken, umklammerte einen und schwang sich daran hoch.

Bisher lief alles glatt. Suko wußte auch, daß sich die Hexe noch auf dem Dach befand. Jetzt mußte es ihm nur gelingen, durch eines der hier oben befindlichen schmalen Fenster zu steigen, um sein endgültiges Ziel zu erreichen.

Auf allen vieren bewegte sich der Chinese voran.

Staub kitzelte sein Gesicht. Der Niesreiz kehrte zurück. Wenn Suko dem Gefühl jetzt nachgab, würde es zu einer regelrechten Explosion kommen, deshalb schluckte er ein paarmal und sah endlich das Fenster mit der grauen, schmutzbedeckten Scheibe vor sich.

Es besaß sogar einen Griff. Suko mußte einen zweiten Versuch starten, um ihn herumzudrehen. Er zog das Fenster auf. Kühle Luft strömte ihm entgegen, die er tief einatmete.

Er schaute nach unten, sah auf eine Wiese und über sich den Rand des vorspringenden Scheunendachs. Zum Glück so nahe, daß er ihn mit der ausgestreckten Hand greifen konnte.

Noch im Fenster liegend, drehte er sich auf den Rükken, so daß er nur die Hand auszustrecken brauchte, um den Dachrand zu erreichen. Und die Hexe hatte nichts bemerkt.

Wenigstens reagierte sie nicht in diese Richtung hin, so daß Suko ein optimistisches Gefühl bekam.

Dann verließ ihn das Glück.

Gerade als er sich aus dem Fenster hangeln wollte, sah er den Schatten. Er schwebte nicht nur über ihm, sondern auch von ihm weg. Für einen Moment bekam Suko ihn in seinen Sichtbereich.

Es war der schwarze Panther, auf dessen Rücken, wie festgewachsen, die Hexe Jirica hockte.

Und sie sprang zusammen mit dem Tier zu Boden. Wo sie landete, konnte der Inspektor nicht erkennen. Er konnte sich seine nächsten Aktionen aussuchen.

Blieb er auf dem Dach oder nahm er normal die Verfolgung auf?

Suko entschied sich für die erste Möglichkeit, schob sich noch ein Stück weiter vor, umklammerte die etwas brüchige und ihm weich vorkommende Holzkante, bevor er sein Gewicht auf die Hände verlagerte, gleichzeitig Kraft einsetzte und sich durch eine Art Klimmzug entgültig aus dem Fenster schob und in die Höhe drückte.

Diese Aktion erforderte mehr als nur Kraft. Eine gehörige Portion Geschicklichkeit gehörte ebenfalls dazu, aber Suko erreichte sein Ziel und blieb zunächst einmal flach auf dem schmutzigen Dach des Gebäudes liegen.

Die Scheune war noch mit Holzschindeln bedeckt. Um auf die Straße schauen zu können, mußte der Inspektor leider die andere Dachseite erreichen. Vor ihm lag ein gefährlicher Weg.

Nur kriechend konnte er ihn zurücklegen. Sein Körper bildete dabei ein großes X, als er sich voranschob. Er drückte und stieß sich gleichzeitig mit Händen und Beinen ab, so daß er ungefähr die Stelle erreichte, wo auch die Hexe gestanden hatte.

Es war der First!

Dort blieb auch Suko. Er schob nur den Kopf noch vor, um auf die Straße schauen zu können. Dabei blickte er nach links, denn dort sah er die Akteure eines teuflischen Spiels.

Zwei Hexen, vier Rocker, John Sinclair!

Sein Freund, der Geisterjäger, stand allerdings nicht auf der Straße. Noch hielt er sich in der Gaststätte auf und schaute aus dem Fenster, während Jirica auf ihrem Panther genau auf das Ziel zuritt.

Jetzt sah der Inspektor ein, daß er unter Umständen den falschen Weg gewählt hatte. Er war einfach zu weit vom Schauplatz des Geschehens entfernt, als daß er hätte wirkungsvoll eingreifen können. Mit der Dämonenpeitsche war da schon gar nichts zu machen.

Nur mit dem Stab oder mit der Beretta. In Schußweite befanden sie sich immerhin noch.

Es war klar, daß die beiden Hexen den Geisterjäger

wollten. Suko hatte in den letzten Minuten auch einen Teil der Unterhaltung aufschnappen können. Es ging den Gegnern allein um den Hexenstein, den ihnen John Sinclair besorgen sollte.

Da er dies nicht freiwillig tun würde, wollten die anderen ihn zwingen. So einfach war das.

Aber sie hatten sich verrechnet, denn Suko sah sich persönlich als Rückendeckung für den Freund, und er wußte schon, wie er eingreifen wollte. Es lag zwar einige Zeit zurück, aber schon einmal hatte sein Stab in diesem Ort eine brandgefährliche Situation entschärft.

Auch jetzt mußte er ihn nehmen!

Suko schob sich noch ein wenig nach vorn, um seinen Sichtbereich zu verbessern. Dabei war er durch seine Aktion zu sehr abgelenkt und achtete zwangsläufig nicht auf das, was unter ihm auf der Straße vorging. Nur wenige Sekunden reichten; als er wieder den Kopf hob, hatte sich die Lage grundlegend geändert . . .

*

Ich hätte auch den Bumerang nehmen und ihn schleudern können, das aber wollte ich nicht, sondern es bei einem möglichst kurzen Kampf belassen. Wenn ich durchkam, gut, wenn nicht, hatte ich Pech gehabt.

Mit dieser meiner Aktion hatte wohl niemand gerechnet. Als zwei Rocker sich am Eingang befanden und über die Schwelle treten wollten, stieß ich mich ab.

Ohne Vorwarnung wuchtete ich mich auf das Fenster zu, hinter dem die beiden anderen Rocker standen und mit diesem Angriff nicht gerechnet hatten.

Sie bekamen kaum die Arme hoch, als ich durch die Öffnung flog und die Fäuste vorrammte. Die Arme hatte ich ein wenig voneinander weggedrückt, um beide Typen gleichzeitig treffen zu können.

Und ich traf!

Es waren Schmetterschläge. Die beiden Rocker besaßen kaum Standfestigkeit. Sie wurden, wie von einer Kugel getroffen, zurückgeschleudert, besaßen zwar Kontakt mit dem Boden, aber es gelang ihnen nicht mehr, auf den Beinen zu bleiben. Sie stolperten über ihre eigenen Füße.

Plötzlich lagen sie im Staub ...

Und ich war durch.

Die beiden anderen Rocker hatten kaum etwas mitbekommen. Jedenfalls taten sie nichts, was mir hätte gefährlich werden können. So bekam ich die freie Bahn, die ich brauchte.

Mein Ziel war Monica!

Bei meinem zweiten Sprung merkte sie, was ich vorhatte. Vielleicht wollte sie einen Zauber aufbauen, dazu ließ ich sie nicht kommen, da ich einfach zu schnell war.

Ich schlug sie nicht, sondern riß sie noch im Sprung herum. Mir gelang es, auf den Beinen zu bleiben und den linken Arm um ihren Hals zu schlingen.

So hielt ich sie.

Ihr Körper war gekippt, mein Knie drückte gegen ihren Rücken. Ein Mensch hätte sich in dieser Lage kaum wehren können, aber Monica war eine Hexe, sie paktierte mit dem Teufel. Sie betete ihn förmlich an, sie wollte mit ihm buhlen, und der Satan hatte sie deshalb als Lohn für ihre Taten mit übermenschlichen Kräften ausgestattet.

Das wußte ich und handelte entsprechend. Bevor sie noch etwas tun konnte, hielt ich bereits mein Kreuz in der Hand und schob den Arm in dem Augenblick an ihrer rechten Kopfseite vorbei, als sich die beiden Rokker aus dem Straßenstaub erhoben.

»Stopp«!

Es war *mein* Schrei, der ihnen entgegengellte, und sie

hielten inne, denn alle vier hatten plötzlich erkannt, in welch einer schlechten Position sich ihre Anführerin befand.

Zum Greifen nahe war das Kreuz vor ihrem Gesicht erschienen, und die Züge der Hexe Monica hatten sich zu einer Miene des Schreckens und der Abscheu verzogen, denn als Dienerin der Hölle hatte sie vor diesem Zeichen des Guten nicht nur eine Heidenangst, sondern auch Respekt.

Die Lage entspannte sich ein wenig.

Mich wunderte nur, daß Jirica nicht eingegriffen hatte. Sie hockte auf dem Rücken ihres Panthers und lächelte sogar. Im Gegensatz zu dem Raubtier. Der Panther hatte sein Maul nicht wieder geöffnet. Aus ihm drang ein gefährliches Knurren, das mich nicht weiter störte, da ich momentan die besseren Karten besaß.

Aus der Tür wollten die beiden anderen Rocker treten und hörten meinen scharf gesprochenen Befehl.

»Bleibt nur stehen!«

Sie gingen nicht mehr weiter.

Tief atmete ich durch. Bisher war alles gut verlaufen. Die beiden Hexen hatten tatsächlich geglaubt, mit mir spielen zu können. Sie hatten sich geirrt.

Es war nach wie vor kühl. Vom Moor her trieben die weißgrauen Schwaden heran, die wie ein durchsichtiges Gespinst wirkten, das überhaupt kein Ende nehmen wollte, denn der breite und tiefe Sumpf produzierte genügend Nachschub.

Zum erstenmal übernahm Jirica das Wort, während meine Gefangene nur keuchte: »Wolltest du das, Sinclair?«

»Das kann man sagen.«

»Es ist nicht gut, denn du überschätzt dich. Wahrscheinlich denkst du, daß du gewonnen hast. Es ist ein Irrtum, Geisterjäger. Du hast noch lange nicht gewonnen, der Gewinner in diesem Spiel bin allein ich. Schade, du hättest dir *mich* aussuchen sollen.«

»Ich verspreche dir, daß du als nächste an der Reihe bist«, erwiderte ich trocken.

»Dann versuch es!«

»Nein, noch nicht. Erst ist sie an der Reihe!«

Jirica blieb locker. In ihrem indianisch geschnittenen Gesicht regte sich kein Muskel. Die Haut blieb glatt und bekam auch wieder diesen öligen Glanz.

»Was hast du vor?«

»Wolltet ihr nicht den Hexenstein? Okay, ich bin dafür, gemeinsam zum Moor zu gehen. Vielleicht hole ich ihn euch . . . «

»Vielleicht aber auch nicht . . .«

»Sehr richtig.«

»Und dieses Risiko kann ich nicht eingehen. Schade, du hast dir deine Chancen selbst verscherzt. Ich werde die Situation übernehmen und dir beweisen, wie mächtig ich bin. Ein alter Dschungelzauber hat auch in einer fremden Welt seine Berechtigung. Monica ist nicht meine Freundin, wie du sicherlich festgestellt hast. In diesem Falle jedoch müssen wir zusammenhalten. Deshalb befehle ich dir, sie loszulassen, Geisterjäger. Laß sie los!« zischte sie.

»Nein!«

Da meldete sich einer der Rocker. »Bis hierher war es Spaß. Mir ist es egal, ob ihr Hexen seid, ich weiß nur, daß ich ein Mensch bin und keine Angst vor dem verfluchten Kreuz habe. Gib nur acht, Sinclair. Ich komme, um dich zu holen!«

Der Typ hatte recht. Er war ein Mensch. Zwar stand er nicht gerade auf meiner Seite, man konnte ihn zu den Verbrechern zählen, aber er brauchte keine Angst vor dem Kreuz zu haben.

Toxer hieß er, war ein Widerling, der noch widerlicher grinste, als er sich lässig und dabei schaukelnd in Bewegung setzte, von seinen drei Kumpanen scharf beobachtet.

Jirica hatte noch etwas zu sagen. »Ich würde mich nicht auf diesen Kerl verlassen, Monica. Sinclair wird mit denen sehr leicht fertig. Darauf kannst du Gift nehmen.«

»Halte du dich raus! Das ist mein Spiel!«

»Ich wollte dich auch nur warnen!«

»Verzichte!«

Inzwischen hatte Toxer etwa die Hälfte der uns trennenden Distanz zurückgelegt. Sein breites Grinsen deutete darauf hin, daß er sich sehr sicher fühlte.

Und auch seine Kumpane freuten sich. Sie hatten angespannte Haltungen eingenommen.

»Beim nächsten Schritt drücke ich zu!« Es war meine Stimme, die die Stille unterbrach.

»Wieso?«

Toxer war wohl leicht begriffsstutzig, deshalb präzisierte ich mein Vorhaben. »Ich werde deine Chefin das Kreuz gegen das Gesicht pressen«, erklärte ich. »Sie ist eine Hexe, vom Teufel gezeichnet, und wird kaum eine Chance zum Überleben haben!«

Meine Worte machten den Rocker unsicher. Er blieb tatsächlich stehen, blickte seine Kumpane an, die sagten nichts, und er schaute dann auf Jirica.

»Ja, Sinclair hat recht!« bestätigte die Urwaldhexe. »Das Kreuz wird sie verbrennen. Siehst du nicht ihre Angst? Sie hat sich zwar in der Gewalt, aber sie zittert innerlich. Ich spüre es. So mächtig seid ihr nicht. Auch wenn du schießt, Sinclair wird immer schneller sein und ihr noch in einer Reflexbewegung das Kreuz gegen das Gesicht pressen. Damit mußt du dich abfinden.«

Jirica hatte mir die Worte aus dem Mund genommen, so ähnlich dachte ich auch.

Der Rocker wußte nicht, wie er sich verhalten sollte. Er strich über sein lackschwarzes Haar. Wenn er sich bewegte, übertrug sich das auch auf die Waffen an seinem Gürtel. Da klirrten die Kettenglieder, und die Köpfe der mit Nägeln verzierten Stahlstifte blinkten.

Er öffnete die Hände und schloß sie. Selten, vielleicht auch noch nie in seinem Leben hatte er sich in einer ähnlichen Situation befunden. Man verlangte von ihm eine Entscheidung, die mit der reinen Gewalt, wie er sie sonst gewohnt war, nichts zu tun hatte.

Wie sollte er sich verhalten?

Schwer und pfeifend stieß er den Atem in unsere Richtung. Auf seiner Stirn glänzte der Schweiß. Ich war sicher, daß er sich auch am übrigen Körper verteilt hatte.

»Sieht nicht gut aus, wie?« fragte ich noch.

Sein Mund verzog sich. »Verflucht!« zischte er. »Verdammt noch mal! Es ist ein Wahnsinn. Du bist allein, Bulle. Du bist . . . «

»Irrtum, er ist nicht allein!«

Die Stimme hallte über die Hauptstraße von Blackmoor, und mir fiel ein Stein vom Herzen, als ich sie hörte, denn so redete nur mein Freund und Kollege Suko.

Die anderen erstarrten. Sie wurden gewissermaßen noch steifer, als sie es ohnehin schon waren. Nur ich bewegte den Kopf und schaute in die Richtung, aus der ich die Stimme gehört hatte.

Da sah ich Suko.

Er stand auf dem Dach des Hauses, auf dem zuvor die Urwaldhexe gesessen hatte. Sein rechter Arm war ein wenig vorgestreckt, denn in der Hand hielt er die schußbereite Beretta.

Ich sah sogar das Schimmern des Metalls und erkannte, daß auch seine linke Faust nicht leer war. Aus ihr schaute der Stab, den Suko in einem tibetanischen Kloster bekommen hatte und wahrscheinlich von dem großen Religionsgründer und Friedensstifter Buddha stammte.

Es war gut, daß mein Freund so lange gewartet hatte. Um so größer mußte der Schock für die anderen sein.

Die vier Rocker wußten auch nicht, was sie sagen sollten. Selbst Toxer war sprachlos. »Wer ist das?« fragte er schließlich nach einer Weile des Nachdenkens.

»Das ist der Freund dieses Geisterjägers. Ein Chinese. Er heißt Suko.« Monica hatte gesprochen. Sie war sehr gut über mich informiert. Kein Wunder, sie wollte mich erledigen und suchte deshalb nach Schwachstellen.

Für die anderen war guter Rat teuer. Wollten sie ihr Gesicht nicht verlieren, mußten sie sich etwas einfallen lassen. Bisher hatte ich es ausschließlich mit der Hexe aus London und ihren Helfern zu tun gehabt. Dabei war Jirica die wesentlich gefährlichere Gegnerin, und sie mußte jetzt etwas tun.

Deshalb beobachtete ich sie auch.

Noch saß sie unbeweglich. Yakup hatte mir berichtet, wie schnell sie werden konnte. Dieser Panther glich schon einem Wundertier, da er aus dem Stand in die Luft jagen und praktisch fliegen konnte. Selbst Yakup hatte sie verfehlt, als er seinen Wurfstern schleuderte.

Ich mußte mich weiterhin um Monica kümmern. Da ich mich nicht zweiteilen konnte, mußte Suko den schwierigeren Part übernehmen.

»Komm runter!« rief ich ihm zu.

»Okay, John. Gib gut acht, daß dir die Hexen nicht entwischen!«

Bisher hatte alles geklappt. Mein inneres Fieber stieg wieder. Ich ließ Jirica nicht aus den Augen und schielte gleichzeitig zu meinem Freund, der sich auf dem Dach in Bewegung setzte und sich vorsichtig der Kante entgegengleiten ließ.

Jirica wandte meinem Partner den Rücken zu. Dennoch war ich fest davon überzeugt, daß sie genau wußte, was geschah und bald eingreifen würde.

Ich hatte mich nicht getäuscht.

Urplötzlich reagierte sie, und sie war schneller als eine Kugel!

*

Vor meinen Augen verwandelte sie sich in einen fauchenden Flammenball. Ich hatte die Lohe noch aus dem Maul des Panthers stoßen sehen, dann waberte das Feuer plötzlich auf der gesamten Straßenbreite und versperrte mir den Weg zu ihr.

Sie jagte in die Höhe.

Deutlich zeichnete sich ihre Gestalt innerhalb des Feuervorhangs ab, und sie veränderte auch ihr Aussehen. Keine *normale* Frau hockte auf dem Pantherrükken, sondern ein rotes Skelett, dessen Knochen wie Feuerzungen aussahen.

Ich hörte die Rocker schreien, auch die Stimme der Hexe Monica, und bekam einen harten Tritt gegen das Schienbein, als sie auskeilte. Es ging so schnell, daß ich mit dem Kreuz nicht mehr zuschlagen konnte, denn ich mußte zurück, und sie konnte sich aus meinem locker gewordenen Griff drehen.

In das Feuer raste sie hinein. Auf nichts und niemand nahm sie Rücksicht. Ich war zurückgelaufen und rechnete damit, daß die Flammen sie vernichten würde, aber sie taten ihr nichts. Im Gegenteil, sie halfen ihr noch, bedeckten sie wie ein schützender Mantel, und plötzlich war auch Jirica da, faßte sie an der Schulter und hievte sie in die Höhe.

Innerhalb der fauchenden und tanzenden Feuersbrunst verschwanden die beiden Hexen.

Sie hatten uns geleimt.

Wieder einmal war es ihnen gelungen, denn ich wußte inzwischen, daß der Teufel ihnen beibrachte, wie sie das Feuer zu kontrollieren hatten. Das war uns bewiesen worden.

Ich atmete tief aus.

Angst brauchte ich nicht mehr zu haben, da die Flammen allmählich in sich zusammensanken und nur schwarze Rußstellen zurückließen.

Suko kam zu mir.

Seinem Gesicht sah ich den Ärger an. Auch schüttelte er den Kopf und hob die Schultcrn. »Wie Anfänger haben wir uns benommen, John, wie Anfänger . . .«

Ich hob die Hände. Es war wirklich zum Heulen gewesen, denn Suko hatte mit seiner Bemerkung genau ins Schwarze getroffen. Da hatten sich zwei Geisterjäger regelrecht reinlegen lassen. Ich hätte mir Jirica und nicht Monica schnappen sollen.

Daran war nun nichts mehr zu ändern. Wir mußten zusehen, daß wir dennoch alles zum Guten hin wendeten.

Neben mir blieb Suko stehen. Er deutete in den grauen Himmel. »Sie sind verschwunden, und ich frage mich, wo sie stecken.«

»Da sie bestimmt nicht aufgegeben haben, könnten sie eigentlich nur im Moor sein oder sich in der alten Ruine verborgen halten.«

»Meinst du?«

»Genau. Ohne den Hexenstein werden die nicht verschwinden«, erklärte ich. »Sie sind darauf geeicht, ihn zu bekommen, und sie haben sich wieder verbündet.«

»Vielleicht wissen sie mehr.« Suko deutete auf die vier Rocker, die bleich in unserer Nähe standen und

Glück gehabt hatten, von den Flammen nicht erwischt worden zu sein.

Ich schaute sie der Reihe nach an. Diesmal erwiderten sie nicht so kalt und forsch meinem Blick, sie schauten zu Boden, und wir sahen ihnen an, wie unwohl sie sich fühlten.

»Geht ins Gasthaus«, sagte ich ihnen.

Widerspruchslos machten sie kehrt und betraten den Laden. Dort sahen sie ihren toten Freund am Boden liegen, stoppten und machten einen Bogen. In der hintersten Ecke und am weitesten von der Leiche entfernt, fanden sie ihren Platz.

Sie hatten Angst, das sahen wir ihnen an. Ich blieb mitten im Raum stehen und deutete in die Höhe. Es tropfte kein Blut mehr, aber auch die Rocker sahen jetzt den Toten.

»Wer hat das getan?« fragte ich.

Toxer schoß in die Höhe. »Keiner von uns. Das können Sie uns nicht anhängen, Bulle.«

»Wer dann?« fragte ich.

»Sie.«

»Wer ist sie? Eure Anführerin?«

»Nein, die andere.«

»Und das wißt ihr genau?«

»Ja, sie hat es gesagt.« Toxer ließ sich wieder auf den Stuhl fallen. Ein anderer war aufgestanden und hatte zwei Flaschen mit Whisky besorgt. Er öffnete sie und nahm aus der ersten Flasche einen kräftigen Zug, die anderen beiden ließ er kreisen.

»Das wird natürlich bezahlt!« bemerkte ich und holte mir einen Stuhl herbei. Ich setzte mich verkehrt herum und legte meine verschränkten Arme auf die Lehne.

Suko stand nahe der Tür. Von dort hatte er einen guten Überblick. Er konnte auch nach draußen schauen und melden, wenn sich dort irgend etwas veränderte.

Die Rocker sollten mir Auskunft darüber geben, was ihre Chefin vorgehabt hatte. Auf diese Frage erntete ich als Antwort nur ein allgemeines Achselzucken. »Das weißt du doch selbst, Bulle. Den Stein.«

Toxer hatte gesprochen. »Und was wäre geschehen, wenn sie es geschafft hätte?«

»Weiß ich nicht.«

»Natürlich weißt du es. Rede, verdammt! Was hätte die Hexe getan?«

»Sie wollte die Macht.«

»Und ihr auch?«

»Klar, deshalb waren wir bei ihr. Sie ist wirklich stark. Besser als wir. Deshalb haben wir sie auch akzeptiert.«

»Was konnte sie alles?« fragte ich.

»Wie meinst du das?«

»Habt ihr erlebt, wie sie die Hexenkräfte einsetzte?«

Toxer lachte, die anderen grinsten. »Und wie wir das gesehen haben. Die konnte sogar zaubern. Sie beherrschte ein Gebiet der Magie und war in der Lage, Gegenstände zu bewegen. Mich hat es nur gewundert, daß sie es nicht tat, als du sie gepackt hieltest.«

»Ich hatte das Kreuz. Aber welche Gegenstände waren es?«

»Alle«, erwiderte er. »Sogar Häuser brachen unter ihrer Kraft zusammen. Wenn sie uns mal etwas demonstrieren wollte, ließ sie Autos schweben.«

»Das habt ihr gesehen?«

»Und wie.«

»Wo geschah das?«

»In London.«

Ich schaute mir die Rocker an. Sie hatten sich auf die Seite der Hexe gestellt, aber nicht so viel von ihren Plänen mitbekommen, als daß sie uns hätten weiterhelfen können. Frei herumlaufen lassen durften wir sie auch nicht. Die hätten uns immer Schwierigkeiten bereitet. Also mußten wir sie einsperren.

In diesem Ort gab es genügend Keller, die ihnen als Gefängnis dienen konnten. Da war ich Optimist.

»John!« Suko rief nach mir, und ich stand auf.

»Es kommen einige Bewohner. Rodney Spiker ist dabei. Was willst du ihnen sagen?«

»Die Wahrheit.«

»Das wird sie schocken.«

»Die sind einiges gewohnt. Denk nur an Mason Cordtland.« Ich ging auf die Rocker zu und zog schon die Handschellen hervor.

Sie schauten mich tückisch an. »Wagt es nicht«, sagte ich, da ich ihre Gedanken lesen konnte. »Ihr würdet nicht weit kommen.«

»Bestimmt nicht«, erklärte Suko. Er war zur Seite gegangen und hatte seine Beretta gezogen. Die Mündung wanderte von einem Rocker zum anderen.

Die vier Kerle hatten verstanden. Problemlos konnte ich um sie herumschreiten und die ersten beiden aneinander fesseln. Suko warf mir noch seine Handschellen zu, so daß auch die letzten beiden die modernen Kunststoffesseln bekamen.

Als die letzte Fessel einrastete, hatten auch die Bewohner die Gaststätte erreicht. Sie wollten sie alle betreten, Suko machte es richtig und drückte sie zurück.

Nur Rodney Spiker kam zu uns, während sich die anderen Männer draußen aufhielten und mit bösen Blicken in den Schankraum schauten.

Er wollte eine Erklärung. Wir sahen seinen fragenden Blick und hielten auch nicht hinter dem Berg damit. Den toten Rocker hatte er ebenfalls gesehen und schluckte. Zum Schluß berichtete mein Freund noch von Jiricas Tat, der der Wirt zum Opfer gefallen war.

Spiker schaute in das Gebälk und sah die Leiche zwischen den Pfosten und Balken eingeklemmt liegen.

»O verdammt!« ächzte er, »mußte das sein?«

»Da müssen Sie Jirica fragen«, sagte ich.

»Und die ist verschwunden, wie?«

»Vorerst.«

»Wissen Sie denn, wo sie sich aufhält?«

Ich nickte. »Das kann ich Ihnen sagen. Ihr Moor hier hat eine kaum glaubhafte Anziehungskraft auf beide Hexen. Sie wollen, daß ich den Stein wieder hervorhole.«

Rod Spiker war so erstaunt, daß er einen Schritt zurückging. »Ja, ist das denn . . . ist das möglich?«

»Ich habe es noch nicht ausprobiert.«

»Wollen Sie es denn?«

Die Antwort auf diese Frage blieb ich ihm schuldig, da ich ihn nicht in all meine Pläne einweihen wollte. Außerdem fragte er nicht mehr weiter. Ich wollte ihn darum bitten, sich um die Rocker zu kümmern. »Haben Sie einen Raum oder ein Verlies, in dem ich die vier für eine Weile lassen kann?«

»Ausbruchsicher?«

»Das versteht sich.«

»Ja.« Spiker nickte. »Wir könnten sie in einen alten Brunnenschacht stecken. Gefesselt kommen sie da nie raus. Das wäre doch was?«

Ich war einverstanden. Die Rocker aber nicht. Sie regten sich auf. Besonders Toxer ließ eine regelrechte Haßtirade gegen Rodney Spiker los. »Wenn wir da wieder rauskommen, drehe ich dir deinen dreckigen Hals um, du Kaffer.«

»Sei ruhig«, sagte ich. »Von allein werdet ihr es nicht schaffen. Wie und ob wir euch helfen, wird sich zeigen. Mir kommt es darauf an, daß ihr aus dem Gefecht gezogen werdet.«

»Sollen die Hexen euch zerreißen!« zischte der Typ, von dem ich später erfuhr, daß er Eddy hieß.

Ich hob meine flache Hand. »Hoch mit euch!«

Nur mühsam kamen sie auf die Füße, da sie gefesselt waren. Zwei von ihnen fielen sofort wieder zurück, neben die Stühle.

»Wollen Sie mitgehen?« fragte Spiker.

Ich nickte. »Das ist vielleicht besser. Diesen Typen kann man auch dann nicht trauen, wenn sie gefesselt sind.« Ich warf Suko einen fragenden Blick zu.

»Okay, ich gehe auch mit.«

Die Rocker schritten vor. Als sie die Tür erreichten, schufen die dort stehenden einen freien Durchgang. Die Blicke, mit denen sie die Gestalten aus London bedachten, waren nicht gerade freundlich. Einige Männer hatten sich auch bewaffnet. Es waren zumeist Jagdgewehre älterer Bauart, die sie trugen. Manchmal wies eine Mündung wie zufällig auf die vier Rocker, die sich nach rechts wenden sollten, um zu dem Ort zu gehen, der ihr Gefängnis werden sollte.

Auf ihren Gesichtern spiegelte sich Wut, Haß und Enttäuschung wider. Besonders eilig hatten sie es nicht. Mitten auf der Straße blieben sie sogar stehen.

Ich wartete noch auf Suko, der als letzter die Gaststätte verließ. Nickend trat er zu mir. »Wir werden uns danach um die Hexen kümmern.« Dann stieß er Toxer in den Rücken. »Beweg dich mal, mein Junge, sonst werde ich noch ungemütlich.«

»Mistbulle.«

»Das macht mir nichts. Mich können nur Menschen beleidigen.«

Toxer lachte. »Es wird dir noch verdammt leidtun, Chink. Wir kommen hier wieder raus, dann drehe ich dich durch den Wolf.«

»Aber vorher stecken wir euch in den Brunnen«,

erwiderte Suko trocken. Er wandte sich an den mitgehenden Spiker. »Ist da überhaupt noch Wasser vorhanden?«

»Nein, der ist ausgetrocknet. Vielleicht wälzen sich noch Wasserratten im Schlamm, aber das weiß ich nicht so genau, weil ich nie nachgesehen habe.«

»Wie schön für euch.«

Die Rocker vergingen fast vor Wut. Mit gesenkten Köpfen marschierten sie vor uns her. Sie wußten jetzt endgültig, daß sie keine Chance mehr hatten und konnten sich auch nicht auf ihre Helferin verlassen.

Eigentlich hätte ich auf eine gewisse Art und Weise froh sein können, ich war es nicht. Mir gingen die Worte des Rockerchefs nicht aus dem Sinn. Die erste Runde hatten wir zwar unentschieden gestalten können, aber diese Londoner Hexe mußte gefährlicher sein, als wir es angenommen hatten. Wenn ihr der Satan tatsächlich die Kraft gegeben hatte, Gegenstände bewegen zu können, mußten wir uns sicherlich noch auf einiges gefaßt machen.

Die anderen Zuschauer waren glücklicherweise zurückgeblieben. Spiker reichte als Führer. Das Gesicht des rothaarigen Hünen wirkte wie aus Stein gemeißelt. Hin und wieder bewegten sich seine Kiefer. Mir sagte er: »Ich muß immer an den Toten denken . . .«

»Die Hexe wird ihre Quittung bekommen.«

»Sie ist sehr stark.«

»Ja, sie und ihr Raubtier beherrschen das Feuer.«

»Wie ist das möglich?«

»Denken Sie daran, sie ist kein Mensch, sondern dient Mächten, die für Sie und mich fremd sind. Da bekommt man einiges zugestanden, auch wenn man vieles verliert.«

»Was denn?«

»Das, was das Menschsein ausmacht. Liebe, Treue,

Freunde, ich meine echte Freunde. Das alles besitzen Sie als Hexe oder schwarzmagisches Wesen nicht mehr. Sie streben nur noch nach den Dingen, die Ihnen im ersten Moment als so unwahrscheinlich toll erscheinen, in Wirklichkeit aber nur Blendwerk sind. Das sollten Sie nie vergessen, Rod.«

»Und diese Rocker?«

»Sie haben sich angehängt. Es sind keine Dämonen oder dämonisch beeinflußte Wesen. Sie wollen Gewalt, sie wollen Macht, sie wollen Geld. All das hoffen sie zu bekommen, wenn sie sich der Hexe anschließen. Sie kann dafür sorgen.«

Toxer hatte die Worte genau verstanden. »Spar dir deine Moralreden, Bulle, uns kannst du nicht überzeugen.«

»Verlierer sehen nie ein, daß sie auf das falsche Pferd gesetzt haben«, sagte ich zu Spiker.

»Das kommt mir auch so vor.«

Wir schritten noch immer über die Hauptstraße. Auch jetzt sahen wir noch keinen Sonnenkreis. Nebel und Wolken waren einfach zu dicht. In dieser Gegend schien sogar im Sommer kaum die Sonne, der Dunst überlagerte alles.

Dieses Moor war ein mächtiges Feuchtigkeitsreservoir, so daß der Nebel stets Nachschub bekam.

Die vier Rocker stolperten vor uns her.

Sie waren nie ruhig, fluchten und haderten mit ihrem Schicksal.

Bis zu dem Punkt, als Suko plötzlich »Stop« rief. Die Rocker und Spiker versteinerten. Ich blieb ebenfalls stehen. Der Inspektor ging einige Schritte vor. An seiner gebeugten Haltung und seinem schleichenden Gang war zu erkennen, daß er etwas entdeckt oder zumindest gehört hatte.

Jetzt vernahmen wir es auch.

Es war ein dumpfes Rumoren, ein Knallen und Stoßen, das über die Fahrbahn schwang.

Spiker war ebenfalls überrascht. »Was kann das sein?« hauchte er mir zu.

Ich hob die Schultern.

»Das kommt von dort, wo die Schuppen stehen!« wisperte er.

»Und was befindet sich darin?«

»Mehrere Landmaschinen, unter anderem Traktoren und alte Rollbänder für Torfballen.«

Der Krach war gewaltig. Urplötzlich vernahmen wir das dumpfe Hämmern und Splittern, das von einem explosionsartigen Krachen begleitet war. Genau an dem Platz, den uns Spiker beschrieben hatte, flog etwas in die Luft.

Es war die Scheune oder die Lagerhalle. Die Trümmer wirbelten durch die Luft, stießen dem Himmel entgegen. Die Stücke taumelten, fielen, drehten sich, waren von einer Staubwolke umhüllt, aber diese schaffte es nicht, den Gegenstand zu verbergen, der anschließend vom Boden her in die Höhe geschleudert wurde.

Es war ein Traktor.

Und ich dachte wieder an die Kräfte der Londoner Hexe.

Sie konnte dank ihrer geistigen Macht Gegenstände bewegen. Autos hatte sie geschafft.

Und Traktoren waren auch nicht viel schwerer . . .

*

Die beiden Hexen jagten kometenartig in die Höhe, schauten zurück auf den Ort, sahen die Flammenwalze und die Häuser immer kleiner werden. Obwohl sich Monica inmitten der Flammen befand, verbrannte sie nicht, und sie mußte ihrer Hexenschwester Abbitte leisten, denn Jirica konnte mehr, als sie bisher von ihr erwartet hatte.

Ein unheimlicher Sog nahm sie auf, riß sie mit sich fort, und der starke Wind fuhr fauchend in die Flammen, wobei er es sogar schaffte, sie zum Erlöschen zu bringen.

Auch das rote Skelett verging. In Windeseile bildete sich das Fleisch zurück, so daß ein normaler Körper entstand.

Wieder schauten sich zwei Frauen an. Zwei Hexen, die auf dem Rücken eines fliegenden Panthers saßen und dem normalen *Leben* entflohen.

Nicht sehr weit. Bevor Jirica sich versah, hatte der Panther einen Befehl bekommen und schwebte zu Boden.

Wiederum setzte er sehr sanft auf. Er schüttelte den Kopf, das Fauchen hörte sich normal an und war auch nicht mehr von einer Feuerlohe begleitet.

Um die beiden Hexen herum dehnte sich eine flache Weide aus. Dahinter begann ein noch kahler Wald, um den ein Feldweg herumführte. Auch über diesem Gelände lagen Nebelschleier und hüllten die beiden Hexen wie dünne Tücher ein.

»Wir sind geflohen«, stellte Monica fest. »Weshalb?«

»Weil es so besser war.«

»Wirklich?«

»Ja.«

»Und ich habe gedacht, daß du so stark wärst und alles besiegen könntest.«

»Es ging in diesem Fall nicht um mich, sondern um dich«, konterte Jirica. »Du hättest verloren.«

»Das stand noch nicht fest.« Sie sprach mit schriller Stimme und sprang vom gebuckelten Rücken des Panthers. »Ich hätte meine Kräfte einsetzen können . . . «

»Mit dem Kreuz vor Augen?« fragte die Urwaldhexe spöttisch.

War Monica bisher sehr forsch gewesen und hatte sie auch dementsprechend geredet, so hob sie nun die Schultern. »Irgendwie hätte ich es schon gepackt.«

»Nein, nicht ohne meine Hilfe. Vergiß nicht, daß auch Sinclair Unterstützung bekam. Ich habe dich gerettet, Monica. Das solltest du nicht vergessen.«

»Soll ich dir jetzt für immer dankbar sein?« höhnte die Londoner Hexe.

»Das nicht. Ich wollte dir nur zwei Dinge beweisen. Meine Geduld und meine Kraft. Ohne mich wäre dein Leben nichts mehr wert gewesen. Ich habe dich gerettet, obwohl wir nicht gerade Freundinnen sind. Ich habe dich ferner gerettet, damit du einsiehst, daß ich die Stärkere von uns beiden bin. Du sollst einsehen, daß es nur eine gibt, die den Hexenstein bekommen kann.«

»Das willst du sein?«

»Richtig.«

Monica überlegte. Es fiel ihr schwer, dies zuzugeben. Vor allen Dingen konnte sie es der anderen schlecht ins Gesicht sagen. In ihren Augen funkelte die Wut.

»Siehst du es ein?« fragte Jirica.

»Fast . . . «

Die Urwaldhexe verengte die Augen noch mehr. »Was stört dich an meinem Plan?«

»Daß du mich für so schwach hältst.«

»Du bist nicht stärker als ich. Ich lebe schon seit Jahrhunderten. Als rotes Skelett habe ich das Feuer beherrscht. Ich wurde von vielen angebetet, bis ich von dem Hexenstein hörte, der mir noch mehr Macht geben würde. Er kann zerstören, das weiß ich, aber er wird mich nicht zerstören, da ich anders bin als du.«

»Wie anders?«

»Du bist neu, Monica. Du hast dich erst vor kurzem dem Teufel verschrieben. Ich weiß, daß der Höllenfürst einige Niederlagen hat einstecken müssen und nun die Scharten auswetzen will. Koste es, was es wolle. Dabei macht er Fehler. Er verläßt sich einfach auf Personen, die zu schwach sind. Du bist dafür das beste Beispiel.«

Es waren anklagende Worte, doch die Hexe aus London wollte sie nicht wahrhaben. Sie sprach wütend dagegen. »Es ist ein Irrtum. Ich bin nicht so schwach.«

»Ich sah es anders.«

»Soll ich es dir beweisen?«

Jirica hockte noch immer auf dem Rücken ihres Panthers. »Was willst du mir beweisen?«

»Meine Stärke.«

»Und wie?«

»Ich kann den Geisterjäger töten. Glaub es mir. Ich bringe ihn um. Ich vernichte ihn!«

»Wie denn?«

»Kennst du die Telekinese?«

»Das Bewegen von Gegenständen?«

»Genau.« Monica kam langsam näher. Dicht neben dem leise fauchenden Panther blieb sie stehen. »Ich beherrsche diese Gabe, und ich werde sie auch gegen unseren Feind einsetzen. Wenn ich will, kann ich diesen Ort Blackmoor in einen wahren Trümmerhaufen verwandeln. Kein Stein bleibt mehr auf dem anderen, kein Brett hält das andere. Die Gegenstände werden durch die Luft wirbeln und die vernichten, die sich ihnen in den Weg stellen. Ob Autos, Häuser, Menschen, das spielt alles keine Rolle. Vernichten kann ich das, was sich die Menschen aufgebaut haben. Soll ich dir dies wirklich beweisen?«

»Natürlich. Nur werden wir dann nicht mehr an den Hexenstein gelangen können, wenn Sinclair nicht mehr lebt.«

»Es ist eben auch für ihn eine Probe.«

Jirica überlegte. Sie kannte sich und wußte, wie hinterlistig sie war. Das gestand sie auch anderen zu, deshalb fragte sie: »Was bezweckst du wirklich damit?«

»Das habe ich dir gesagt.«

»Und ich glaube dir nicht.«

Die Hexe mit den bunt gefärbten Haaren und der dicken Lederkleidung drehte sich lachend um die eigene Achse. »Ja, du bist mißtrauisch. Das wäre ich auch. Wenn ich dir meine Kraft beweise, wirst auch du einsehen müssen, daß ich ebenfalls in der Lage bin, den Hexenstein zu besitzen und tragen zu dürfen . . . «

»Er vernichtet dich.«

»Das laß nur meine Sache sein.«

Jirica hob die Schultern. »Gut, wie du willst. Gib mir eine Kostprobe deines Könnens. Ich werde zuschauen, ob es dem Geisterjäger gelingt, dir zu entkommen.«

»Das kannst du auch.«

Monica kümmerte sich nicht mehr um die Einwände ihrer Hexenschwester und ging einige Schritte zur Seite. Sie erstieg eine etwas höher gelegene Stelle, weil sie von dort aus einen besseren Blick bis in den kleinen Ort Blackmoor besaß. Und sie konnte sogar die Menschen auf der Hauptstraße erkennen, wenn sie sich an einer bestimmten Lücke zwischen zwei Häusern vorbeibewegten.

So entging ihr die kleine Kavalkade nicht. Die Rokker, ihre Gehilfen, schritten vor. Wie sie gingen, ließ darauf schließen, daß man sie gefesselt hatte. Und so etwas ließ die Flamme der Rache im Herzen der Hexe noch höher lodern.

»Diese Hunde!« flüsterte sie. »Diese verdammten Hunde. Ihnen werde ich es zeigen!« Voller Wut brüllte sie auf und trat mit dem rechten Fuß auf, als wollte sie den Boden durchstoßen. »Ich werde ihnen beweisen, wie stark ich bin. Sinclair hat mich nicht ernst genommen, das wird er büßen, und wenn alle dabei draufgehen.«

Jirica hatte die Worte sehr genau vernommen. Sie beobachtete die Hexe aus London und sah, wie sie ihre Arme in die Höhe drückte, die Finger nach vorn bewegte, Fäuste bildete, sie wieder öffnete und ihre Handflächen in Richtung des Ortes hielt.

Im nächsten Moment erstarrte der Körper. Monica konzentrierte sich voll und ganz auf ihre Aufgabe. Der Teufel persönlich hatte ihr diese außergewöhnliche Kraft eingehaucht, und sie hatte diese schon mehrmals demonstriert.

Nie war es so wichtig gewesen wie jetzt.

Monica hatte bereits ein Ziel im Auge. Es war das größte Gebäude in Blackmoor. Das nahm sie aufs Korn.

Dabei wußte sie nicht genau, was in dem Gebäude lagerte. Sie konnte sich allerdings vorstellen, daß es größere Gegenstände sein mußten, denn ungenutzt ließ man einen solchen Bau nicht liegen.

Und diese Gegenstände wollte sie beherrschen. Nicht nur das, sie mußten auch die verhaßten Feinde töten. Eine nicht sichtbare Kraft oder ein unsichtbarer Strahl von Energie löste sich aus dem Hexenkörper und wanderte in die entsprechende Richtung.

»Jaaa . . .!« schrie sie plötzlich. »Es tut sich etwas. Ich packe es!« Monica hatte nicht gelogen.

Sie und Jirica schauten zu, wie das Dach des Hauses von der unheimlichen Gewalt gepackt und in die Höhe geschleudert wurde. Es zerriß in zahlreiche Teile, die kometenartig in alle Richtungen weggeschleudert wurden, so daß ein gewaltiges Loch entstand.

Und aus ihm wirbelte der erste Gegenstand!

*

Ein fliegender Trecker!

Hätte mir das jemand erzählt, ich hätte ihn ausgelacht und ihn für einen Lügner gehalten. Nun sah ich das Ding mit eigenen Augen, und es machte mir zudem ganz den Eindruck, als würde es mich und meine Freunde aufs Korn nehmen.

Noch stand der Traktor in der Luft, zögerte und wurde plötzlich schnell, als hätte er einen kräftigen Stoß bekommen. Über die Dächer der anderen Häuser jagte er hinweg.

Da gab es nur eins.

»Deckung!« Das Wort brüllte ich mit überlauter Stimme. Ein jeder konnte es hören, auch Suko, Spiker und natürlich die vier gefesselten Rocker.

Suko und Spiker handelten als erste. Wobei Rod noch zu langsam war und von dem Chinesen mitgezogen wurde.

Aber die Rocker hatten Pech.

Sie hätten sich einigen sollen, in welch eine Richtung sie laufen wollten. Bei zweien von ihnen klappte es, da sie nach links weghuschten, die beiden anderen jedoch hatten Schwierigkeiten.

Toxer und Eddy landeten am Boden, überschlugen sich dort und rollten weiter, wobei sie ein Knäuel aus Körpern, Armen und Beinen bildeten.

Ihre Kumpane hatten es nicht so gut. Zudem standen sie in meiner Nähe, und auf mich war der Trecker gezielt.

Ich hatte die Nerven besessen und bis zum letzten Augenblick gewartet. Mein berechnender Blick war dabei schräg in die Höhe gerichtet. Dabei erkannte ich, daß sich der Trecker leicht drehte und auch schräg nach unten zielte.

Der würde mich voll erwischen.

Seine Scheinwerfer kamen mir wie zwei blasse, böse

Glotzaugen vor. Der schmutzige grüne Kühlergrill wirkte auf mich kompakt und war ein fürchterliches Mordwerkzeug.

Die Rocker brüllten.

Ich gönnte ihnen einen kurzen Blick. Der linke wollte zu seiner Seite hin weg, der andere zur rechten.

Da sie sich nicht einigen konnten, schwebten sie plötzlich in Lebensgefahr, auch ich, denn ich wollte trotz allem die beiden noch retten. Mit den Füßen zuerst sprang ich sie an, wuchtete sie wenigstens zu Boden und sah den Trecker jetzt so groß, daß ich fürchterliche Angst bekam.

Konnte er mich verfolgen?

Vielleicht, deshalb wartete ich bis zum letzten Augenblick, bevor ich mich nach rechts katapultierte und im Schlamm der Gosse landete, anschließend wieder auf die Füße kam und zu einem gewaltigen Hechtsprung ansetzte, wobei ich in meinem Rücken noch den Luftzug spürte.

Vor mir erschien eine Tür.

Verdammt stabil sah sie mir aus. Ich fegte dagegen, hörte das dumpfe Krachen und den fast peitschenden Knall hinter mir.

An der Tür rutschte ich zu Boden, drehte mich mühsam herum und konnte die Bescherung nicht nur hören, auch sehen.

Ein furchtbarer Schrei gellte über die Straße. Nicht mich hatte es erwischt, sondern einen der Rocker. Der jedoch hatte nicht geschrien, weil er es nicht konnte. Der junge Mann lag unter dem Trecker begraben.

Sein an ihn geketteter Kumpan hatte es besser gehabt. Er war nicht tödlich erwischt worden und lag direkt neben dem Trecker, unter dem noch der Arm und die Hand des Toten mit der Kunststoffmanschette hervorschauten.

Der Rocker drehte den Kopf. Auf seinem Gesicht lag eine feuchte Schicht aus Staub und Tränen. »Sinclair!« heulte er. »Verdammt, hol mich hier weg!«

»Ja, ja, Junge . . .« Ich nickte und ging zu ihm. Den Schlüssel holte ich hervor.

Auch Suko und Spiker kamen herbei. Sie sahen das schreckliche Bild und schüttelten die Köpfe. Ich hatte mich hingekniet, löste die Fesseln, hörte das Weinen des Rockers und half ihm auf die Füße. Wir mußten ihn stützen, so stark zitterte er, als er endlich stand.

»Eure Freundin, die Hexe, ist dafür verantwortlich«, sagte ich voller Bitterkeit in der Stimme.

Er reagierte überhaupt nicht, holte einige Male tief Luft, lief zur Hauswand, drückte sich dagegen und begann hemmungslos zu schluchzen. Vielleicht war es das Beste für ihn.

Suko kam näher.

Erst jetzt löste sich bei mir der Schock. Ich spürte das Zittern meiner Knie. Suko stützte mich ab, da er glaubte, ich würde jeden Augenblick umfallen.

»Keine Panik, Junge«, sagte er. »Wir schaffen es schon.«

»Hoffentlich.« Ich schaute zum Himmel. Ein weiterer Gegenstand jagte nicht auf uns zu. Waren wir damit der Gefahr entkommen?

Spiker schlich herbei. Er deutete auf den liegenden Trecker. »Was war das?« flüsterte er. »Das ist doch der reine Wahnsinn. Ich begreife das nicht.«

»Es war die Hexe«, sagte Suko leise.

»Welche?«

»Die auf dem Panther«, erklärte mein Partner. »Sie trägt die Schuld. Tut mir leid . . .«

Ich hatte Sukos Erklärung vernommen. »Irrtum«, sprach ich dagegen. »Es muß die andere gewesen sein.«

»Wieso?«

Ich erklärte es ihm. Mein Partner hörte zu und wurde blaß. »Verdammt, damit habe ich nicht gerechnet.« Er schaute auf den Trecker. »Wenn diese Person in der Lage ist, durch gedankliche Kraft Gegenstände zu bewegen, kann sie auch andere Dinge beeinflussen – oder nicht?«

»Das kann sie.«

»Und was?«

»Such es dir aus.«

Bisher waren wir allein gewesen. Die beiden anderen Rocker standen auf der gegenüberliegenden Straßenseite und trauten sich nicht, die Fahrbahn zu überqueren.

Dafür kamen die anderen. Es waren die Bewohner, die auch an dem Gasthaus gestanden hatten. Sie gingen mit zögernden Schritten und wirkten so, als wollten sie jedesmal zurückweichen, anstatt einen Fuß vorzusetzen. Sie hatten Angst.

»Erklären Sie es ihnen«, wies ich Spiker an.

»All right.« Er ging weg.

Ich blieb mit Suko allein zurück. Die Rocker interessierten uns nicht. Wahrscheinlich hatte sie der Schock geheilt. Schließlich bekamen sie fliegende Trecker nicht jeden Tag geboten.

»Wie geht es weiter, John. Was meinst du?« fragte mich mein Freund.

Unwillkürlich schaute ich in die Richtung, aus der der Traktor gekommen war.

Dort war nichts zu sehen. Alles sah normal aus. Keine Gefahr. »Ich weiß nicht, was die Hexe damit bezweckte. Vielleicht eine Demonstration ihrer Stärke. Vielleicht auch nicht. Jedenfalls würde ich vorschlagen, daß wir an unserem ursprünglichen Plan festhalten.«

»Du willst ins Moor.«

»Sehr richtig.«

»Und weshalb?«

Ich lächelte verschmitzt. »Weil ich allmählich Gefallen an dem Spiel gefunden habe.«

»Wie soll ich das denn verstehen?« fragte Suko.

»Ganz einfach«, erwiderte ich. »Mich interessiert allein der Hexenstein.«

»Willst du ihn holen?«

»Klar.«

Suko war kaum überrascht. »So etwas Ähnliches habe ich mir gedacht. Die Vorfälle haben deine Neugierde angestachelt, wie ich mir vorstellen kann. Aber was ist mit den Hexen?«

»Der Stein kann auch sie vernichten. Denk mal an Wikka, die lange Zeit mit ihrem verbrannten Gesicht herumgelaufen ist. Suko«, sagte ich eindringlich, »es war ein Fehler von mir, den Stein ins Moor zu werfen.« Ich schüttelte den Kopf. »Das muß ich wohl in einem Anflug geistiger Umnachtung getan haben. Es ist geschehen, ich habe damals gedacht, es nicht mehr rückgängig machen zu können, fand mich damit ab, und jetzt bekomme ich plötzlich die Chance, den Stein wieder hervorzuholen. Das ist doch blendend.«

»Wenn man es so sieht. Ich meine so einfach.« Suko stand vor mir und lächelte falsch.

»Du traust dem Braten nicht?«

»Nein.«

»Ich ebenfalls nicht«, gab ich zu. »Aber was soll ich machen? Ich muß die Hexe aus ihrer Reserve locken und von hier wegziehen. Stell dir vor, die drehen weiter durch. Diese Monica kann dank ihrer geistigen Kräfte ganz Blackmoor zerstören.«

»Damit muß man rechnen«, murmelte Suko.

Spiker kam zurück. Dabei schielte er auf den Trecker. »Ich habe versucht, es den Leuten zu erklären.«

»Und?«

»Wissen Sie, Mr. Sinclair, wir sind eigentlich kuriert von allem. Schon nach dem Auftauchen des Mason Cordtland wollten wir mit der verdammten Hexenbrut nichts mehr zu tun haben. Wir leben zwar hier am Ende der Welt, aber wir wollen auch unsere Ruhe haben. Man soll uns in Frieden lassen. Nichts mehr von Hexen, von Dämonen oder was weiß ich nicht alles. Das ist grauenhaft.«

»Wir verlassen Ihr Dorf«, sagte ich. »Aber zuvor müssen wir uns den Hexen stellen.«

Sein Gesicht verdüsterte sich. »Hier in Blackmoor?«

»Nein, Rodney, nicht hier. Wir werden in den Sumpf gehen.«

Der Mann erschrak. »Der verschluckt Sie. Das ist unmöglich . . .«

»Nehmen Sie es nicht so wörtlich«, meinte Suko. »Ich nehme an, daß wir dort die Hexen treffen und halten sie demnach von Ihrem Ort ab. Etwas Besseres kann Ihnen nicht passieren.«

»Das stimmt. Und was ist mit den Rockern?«

»Die sind geschockt. Sperren Sie die Typen irgendwo ein. Es braucht ja nicht im Brunnen zu sein.«

»Ich werde sehen, was sich machen läßt. Die Toten müssen wir einsargen und begraben.«

»Das steht Ihnen frei.«

Spiker ging wieder.

Suko und ich kamen uns allein vor, obwohl uns die Dorfbewohner umstanden. Wir waren Fremde und paßten nicht in diese Welt. Wieder einmal hatten wir die Menschen aus ihrem friedlichen Leben gerissen, und das paßte mir überhaupt nicht.

Ich schaute noch dorthin, wo ich den Trecker zuerst gesehen hatte. Friedlich lag die Stelle inmitten der dünnen Nebelschwaden. Nichts wies mehr auf eine Existenz der Hexen hin. Ich fragte mich, weshalb Monica nicht weitergemacht hatte. Sie mußte doch wissen, daß sie keinen Erfolg erzielen konnte.

Suko beschäftigte sich mit dem gleichen Problem. »Da hat doch Jirica daran gedreht.«

»Damit rechne ich auch.«

Er schlug mir auf die Schulter.

»Komm, Alter, hier haben wir nichts zu suchen. Der Sumpf wartet . . .«

*

Der Weg war uns nicht unbekannt. Schon einmal waren wir ihn gegangen. Ich wußte auch, daß ich mich nach links wenden mußte, um die alte Ruine zu erreichen. Es führte dort ein schmaler Pfad hin, den eigentlich nur die Einheimischen kannten. Der Hauptweg am Rande des Sumpfes, der auch befahrbar war, war sicherer.

Allerdings hatten es Wikka und Jane Collins damals geschafft, mit einem Auto bis dicht vor die Ruine zu fahren, um nach den Hexenstein zu suchen. Damals war ihnen das gleiche Schicksal widerfahren wie uns, denn diesem Mason Cordtland gelang es, die Zeiten zu mischen.

Aus der Gegenwart wurde plötzlich die Vergangenheit, aus der Vergangenheit die Gegenwart.

Ein teuflisches Spiel, in dem auch die Hexen mitgemischt und die Grausamkeit eines Folterkellers kennengelernt hatten.

Blackmoor war schon nicht mehr zu sehen, als Suko seinen Schritt stoppte.

»Was ist denn?«

»John, ich weiß nicht so recht, ob wir uns tatsächlich richtig verhalten.«

»Wie meinst du das?«

»Ganz einfach. Ich wäre dafür, nicht weiterzugehen, sondern uns der Ruine zuzuwenden.«

Ich hob die Schultern. »Was willst du da?«

»Nahe an den Stein heran.«

»Weißt du, daß er dort liegt?«

»Du hast ihn doch aus dem Fenster geworfen.«

Ich hatte tatsächlich ein kleines Brett vorm Kopf. Wenn ich über Sukos Worte nachdachte, gestand ich mir ein, daß er recht hatte. In der Tat mußte der Hexenstein nicht weit von der Ruine entfernt liegen.

»Du kennst den Weg?«

Suko nickte. »Den finde ich schon.«

Wir hätten jemand aus dem Dorf mitnehmen sollen, das genau wollten wir nicht, weil es auch zu gefährlich werden konnte. Beide überlegten und diskutierten wir.

Dabei horchten wir plötzlich auf, als wir Schritte vernahmen.

Auf dem weichen Untergrund klangen sie wie ein dumpfes Trommeln. Jemand kam herbei.

»Mr. Sinclair?«

Das war die Stimme von Spiker, und wir entdeckten auch schon seinen Schatten.

»Hier sind wir.«

Keuchend blieb er stehen, denn er war gerannt. »Verdammt, ich hatte schon gedacht, Sie nicht mehr zu erwischen.«

»Was ist denn passiert?« fragte Suko.

»Nichts, gar nicht.« Er holte unregelmäßig Luft. »Ich wollte Sie nur nicht ohne Lampe in den Sumpf gehen lassen. Ich habe Ihnen auch eine Signalpistole mitgebracht. Wenn etwas ist, müssen Sie schießen. Einer aus dem Dorf sitzt im Kirchturm und hält dort Wache.«

»Das ist nett von Ihnen, Rod«, sagte ich und nahm die Lampe entgegen. »Aber sagen Sie uns lieber, wie wir zur Ruine kommen.«

Seine Augen wurden starr. »Da wollen Sie auf einmal hin?«

»Wir haben eingesehen, daß wir dort mehr erreichen können als hier.«

»Was soll ich Ihnen da sagen?« Er schaute zu Boden, dann auf uns. »Haben Sie etwas dagegen, wenn ich mitgehe?«

»Im Prinzip schon«, sagte ich. »Es kann gefährlich werden.«

Spiker nickte. »Klar, verstehe ich. Aber ich kenne den Weg zur Ruine. Ohne mich sind Sie zwar nicht gerade verloren, aber Sie würden eine Menge Zeit verlieren.«

Das hatte etwas für sich. Ich blickte meinen Freund an. Der Chinese nickte unmerklich und meinte dabei: »Es ist aber deine Entscheidung, John.«

Das war sie natürlich. Da sich Spiker selbst angeboten hatte, uns zu begleiten, sah ich die ganze Sache auch nicht mehr so eng, nickte und war einverstanden.

»Ich gehe dann vor!«

Wir verließen uns auf den Mann aus Blackmoor, und er schlug zu unserem Erstaunen eine völlig andere Richtung ein als die, die wir genommen hätten.

Wir stießen quer in den Sumpf.

Nach den ersten Schritten hatte ich das Gefühl bekommen, daß man uns in eine Falle locken wollte. Der Untergrund war weich, fast schwammig. Ich rechnete jeden Moment damit, einzusinken. Suko, der vor mir herlief, erging es nicht anders, aber auch Spiker bewegte sich wie ein Seiltänzer.

Man spricht immer von einem schweigenden Moor. Das mag hin und wieder zutreffen. Wir aber hörten verschiedene Geräusche: Ein Schmatzen, das Blubbern der Blasen, manchmal ein Knistern und auch Laute, die an das tiefe Stöhnen einer gepeinigten Kreatur erinnerten.

Über allem lag der Dunst.

Da kaum Wind herrschte, bewegte sich der Nebel so gut wie nicht, er lag nur einfach da. Eine grauweiße Welt, kaum durchsichtig und die in ihr wogenden Dinge zu Spukbildern verzerrend.

Meine Befürchtung, es bei Spiker mit einem Verräter zu tun zu haben, verschwand, denn der Weg besserte sich. Die Anfangsschwierigkeiten lagen hinter uns.

Einmal drehte er sich um. »Das ist natürlich eine Sache«, erklärte er, »die wir nicht immer machen können . . .«

»Wie meinen Sie das?« fragte Suko.

»Wenn es stark geregnet hat, ist der Weg hier überschwemmt. Dann rutscht man ab, dann schlägt der Sumpf zu. Haben Sie nicht bemerkt, wie schwer es zu Beginn gewesen ist?«

»Das ja.«

Es war vorerst das letzte Gespräch, das wir führten. Auch unser Führer mußte sich konzentrieren.

Ich kam mir ebenfalls fast wie ein Geist vor, als ich den Nebel durchquerte. An manchen Stellen war er so dicht, daß die Umrisse der vor mir gehenden Männer immer mehr verschwammen und erst wieder klarer wurden, nachdem wir diese Nebelinsel durchquert hatten und wieder in eine »normale« Umgebung gelangten.

Wir sprachen nicht. Ich hielt die Augen offen, obwohl das kaum etwas nutzte, aber ich wollte mir später keine Vorwürfe machen, daß ich die Hexen möglicherweise zu spät gesehen hatte.

Noch hatten sie sich uns nicht gezeigt. Unbelastet konnten wir das Moor durchqueren und erreichten auch den Turm. In seiner Nähe hatte sich die graue Suppe sogar gelichtet.

Ich war froh und lachte leise auf, als ich die mir bekannten Umrisse der Ruine aus dem Nebel erscheinen sah. Dieses Bauwerk erinnerte tatsächlich an einen Turm, der pyramidenförmig zulief und an den Seiten noch einige kleine Zinnen und Türme besaß, von denen wiederum nur mehr verkohlte Reste standen.

Die Ruine hätte an keine andere Stelle besser gepaßt, als in diesem Sumpf. Die brandgeschwärzten Mauern wirkten ebenso dunkel wie die schwarze Moorfläche, und wenn in den relativ klaren Vollmondnächten der Mond noch durchkam, bildeten alle drei Dinge zusammen eine regelrechte Schauerkulisse.

Der Boden wurde besser. Wir sanken kaum noch ein, ließen auch keine Trittstellen zurück, in denen sich das Brackwasser sammelte. Ich kam mir vor wie auf einer feuchten Wiese.

Vor dem halb zerstörten Eingang blieb der Mann aus Blackmoor stehen. Er blickte auf die geschwärzte Tür, die Höhlen der Fenster und bekam eine Gänsehaut. »Wollen Sie hinein?« fragte er.

Ich schüttelte den Kopf. »Wir nicht, aber Sie.«

»Wieso das?«

»Weil es hier unter Umständen gefährlich werden kann. Und allein wollen wir Sie nicht mehr zurücklaufen lassen. Die Gefahr, den beiden Hexen zu begegnen, wäre einfach zu groß.«

»Wenn Sie das so sehen . . .«

»Das müssen wir«, erklärte ich.

Spiker schaute uns noch einmal an. Er grinste unsicher, hob die Schultern und verschwand in der Ruine. Wir hörten seine Schritte leiser werden und vernahmen seine Stimme. Als wir uns umdrehten, schaute er aus einem der Fenster.

»Kann ich hierbleiben?«

»Meinetwegen«, gab ich zu.

Er war zufrieden. Suko und ich aber blieben nicht an dem gleichen Fleck, sondern schritten an der Ruine entlang. Ich ging vor, mein Partner war mir automatisch gefolgt und fragte: »Was suchst du eigentlich, John?«

»Das Fenster, aus dem ich den Hexenstein damals geschleudert habe.«

»Und dann?«

»Möchte ich seinen Weg rekonstruieren, soweit es mir möglich ist. Vielleicht kann ich die ungefähre Stelle bestimmen, wo der Stein aufgeschlagen ist.«

»Das ist schwer.«

»Weiß ich.«

Dennoch machte ich weiter. Klar, die Erinnerung verzerrt manches. Ich dachte an den Kampf, den Mason Cordtland und ich um den Hexenstein geführt hatten. Es war ein Fight auf Leben und Tod gewesen, und ich hatte den Stein aus einem der oberen Fenster geschleudert.

In der Hektik hatte ich mir damals die Stelle nicht genau merken können, wo er aufgeschlagen war. Ich mußte jetzt raten, blieb stehen und ließ meinen Blick an der Fassade so weit hochgleiten, wie es der Nebel zuließ.

»Ist es hier?« fragte Suko.

»Ich glaube.«

Mein Freund lachte. »Laß uns anfangen, sonst kommen uns die verdammten Hexen noch zuvor!«

»Dann bist du also von ihren Worten überzeugt?«

»Ja«, erwiderte mein Freund. »Ich glaube daran, daß du es mit deinem Kreuz schaffen kannst, den Hexenstein aus der Tiefe des Sumpfs hervorzuholen. Daran gibt es für mich keinen Zweifel.«

»Schön wäre es.«

»Es kommt auf den Versuch an.«

Ich hatte mein Kreuz hervorgeholt. Es war nicht mehr so wie früher. Die Zeichen in der Mitte fehlten. Da hatte es Lilith, die Große Mutter, tatsächlich geschafft, das

Kreuz zu manipulieren und die nicht enträtselten Symbole verschwinden zu lassen. Wozu dies gut war, hatte ich bisher noch nicht herausgefunden, mein Kreuz jedenfalls war meiner Ansicht nach nicht schwächer geworden.

»Hat der Stein nicht auch mit Aibon zu tun gehabt?« fragte der neben mir stehende Suko leise.

»Ja, so ungefähr. Nur ist nichts bewiesen.«

»Dann liefere den Beweis!«

»Du bist gut.«

»Mach schon, John!«

Okay, ich wollte uns nicht länger auf die Folter spannen. Vielleicht klappte es. Um die Kräfte des Kreuzes hervorholen zu können, mußte ich es aktivieren. Dann würde es förmlich zu einem Stern, der seine Macht entließ und sie über einem bestimmten Ziel ausbreitete.

In diesem Fall der Sumpf.

Schon einmal war er zu einer gläsernen Fläche geworden, aber das hatte an dem Hexenstein gelegen, der nun in seiner Tiefe verschwunden war und hoffentlich noch seine früheren Kräfte besaß.

Ein wenig mulmig war mir schon zumute. Ich kam mir vor wie jemand, der in ein Wasser springen wollte und nicht genau wußte, wie tief es war.

»Terra pestum teneto – Salus hic maneto!« So sprach ich die Formel aus und wartete gespannt auf das Ergebnis.

Nicht nur meine, auch Sukos Erwartungen wurden von der Reaktion des Kreuzes noch weit übertroffen.

Der Sumpf veränderte sich, und eine alte, versunkene Magie erwachte allmählich . . .

*

Es war sensationell und phänomenal!

In der Tiefe erlebten wir den ersten Durchbruch. Dort glühte ein grünliches Licht auf, und gleichzeitig begann mein Kreuz zu strahlen. Ich hatte das Gefühl, einen Stern in der Hand zu halten, wurde auch geblendet und drehte den Kopf ein wenig zur Seite, weil ich das grüne Leuchten nicht vertrug.

Ein grünes Leuchten und kein silbriges!

Letzteres wäre normal gewesen. Das grüne Strahlen bewies mir, daß in dem Sumpf tatsächlich eine Magie steckte, die möglicherweise mit den geheimnisvollen Druidenland Aibon zu tun hatte.

Wir selbst wurden ebenfalls von der blassen Farbe erfaßt und wirkten wie zwei zu Eis erstarrte Gespenster. Regungslos standen wir da, warteten auf den Einsatz der anderen Magie und auch darauf, daß sie uns den Gefallen tat und den Stein zurückholte.

Der Sumpf veränderte sich von Sekunde zu Sekunde. Das grüne Licht breitete sich aus, es wirkte wie ein Teppich, den Hände immer länger zogen, so daß er bald ein gesamtes Gebiet umspannte. Er reichte bis zu unseren Füßen auf der einen Seite und verlor sich in der Weite des Moors. Selbst der Nebel wurde zurückgedrängt, so daß wir die Umrisse der auf der Sumpffläche wachsenden Krüppelbäume, Hügeln, Sträucher und das zähe Gras erkennen konnten.

Es war für uns beide ein faszinierendes Bild. Dunkel, düster, auf gewisse Art und Weise auch klar, aber gleichzeitig auch unwirklich, so daß es an ein Bild des bekannten deutschen Malers Caspar David Friedrichs erinnerte.

Wenn je ein Moor gespenstisch, tot und gleichzeitig lebendig ausgesehen hatte, so war es dies.

»Meine Güte«, hauchte Suko. »Man sollte kaum meinen, daß dies hier echt ist.«

Da hatte er mit seiner Bemerkung den Nagel auf den Kopf getroffen.

Schwarze lange Schatten, vermischt mit den grauen Schleiern der langen Nebelfahnen schoben sich in das dunkelgrüne Licht hinein. Inseln wurden geschaffen. Flecken, die sich von der anderen Landschaft sehr deutlich unterschieden, und die langen Streifen des grünen, aus der Tiefe dringenden Lichts kamen mir vor wie starre Arme.

Es gelang mir nur schwer, mich von dem Anblick zu lösen, da eigentlich nur eines zählte.

Der Hexenstein!

Und der lag in der Tiefe. Er war die Quelle des Lichts. Von ihm strahlte es ab, und es breitete sich aus wie ein gewaltiger Trichter.

Soweit die erste Reaktion meiner Aktivierung. Ich wußte jetzt, daß die Hexen nicht gelogen hatten. Mein Kreuz, vollgepumpt mit Kräften der Weißen Magie oder des Lichts, hatte es tatsächlich geschafft. Gleichzeitig war es manipuliert worden. Durch seine grüne Farbe zeigte es mir an, daß sich die Magie der Druiden in diesem Sumpf ausgebreitet hatte und nicht weichen wollte.

Ich warf einen Blick auf die Ruine.

Auch ihre alten Mauern hatten einen gespenstisch anmutenden Glanz bekommen, während ich das Gefühl einer gewissen Luftveränderung nicht loswurde.

Hatten wir auf dem Weg zu unserem Ziel die feuchte Luft eingeatmet, so war sie jetzt viel klarer und reiner geworden. Uns umgab eine gewaltige grüne Luft, ein Paradies für Menschen, die sich automatisch als Öko-Freaks vorkommen mußten.

Irgendwie war es herrlich . . .

Aber auch gefährlich!

Der Stein, einmal von der Kraft des Kreuzes getroffen und aktiviert, blieb nicht mehr auf seinen Platz. Er begann zu steigen.

Von uns war dies nicht so genau wahrzunehmen, wir erkannten es mehr an der Veränderung der grünen Schatten, deren Winkel sich durch das Hochschweben des Hexensteins veränderten, so daß sie nicht mehr so schräg in den Nebel stachen.

Auch war die Fläche vor uns durchsichtig geworden. Nicht mehr die Schwärze lag vor uns. Wieder erlebten wir den Sumpf als ein gläsernes Meer, mit dem darüber wallenden und zitternden Nebelwolken.

Die Faszination hielt uns beide umfangen. Wenn plötzlich uralte Druidenpriester erschienen wären, hätte mich dies auch nicht gewundert. Das blieb aus.

Statt dessen stieg der Stein.

Er war in der Tiefe versunken, und er wurde zu einem magischen Magneten, als er immer weiter in die Höhe stieg, angezogen von meinem aktivierten Kreuz.

Näher und näher kam er. Wir sahen ihn größer werden und konnten ihn mittlerweile auch erkennen. Ein Geheimnis umgab ihn. Er sollte aus einer längst vergangenen Zeit stammen und von einem mächtigen Magier angefertigt sein. Auf Hexen wirkte er besonders, hatte zahlreiche von ihnen vernichtet, dennoch trachteten Hexen danach, ihn zu bekommen, um ihn ebenfalls zu zerstören. Sogar das Volk der Kelten sollte diesen Stein schon gekannt haben.

Kelten und Druiden, das paßte zusammen.

Dabei sah der Stein im Prinzip harmlos aus. Nur Hexen konnten ihn nicht anfassen. Seine Form war oval, die Oberfläche glatt, und seine Leuchtkraft holte er aus dem Innern und den wie Adern durcheinanderfließenden Einschlüssen, die zitterten und vibrierten, als wären sie mit Flüssigkeit gefüllt.

Von außen leuchtete der Stein in einem düsteren, gefährlich anmutenden Rot. Das aber war nicht seine eigentliche Farbe. Die grüne Kraft in den Einschlüssen überwog. Dies bekamen wir auch mit unseren eigenen Augen zu sehen.

Kreuz und Stein bildeten eine Brücke. Sie war auf magische Art und Weise errichtet worden und blieb auch weiterhin bestehen, damit der Hexenstein seinen Weg fortsetzen konnte.

Auch mich nahm das Geschehen mit. Es passierte nicht viel, nur eben dieses allmähliche Steigen, doch in meinem Innern spürte ich die Spannung, die sich immer mehr verdichtete.

Was würde geschehen, wenn er die Oberfläche erreicht hatte?

Diese drängende Frage stellte ich mir immer wieder, mußte aber noch abwarten.

Und der Stein legte auch die letzten Yards zurück. Unter ihm befand sich jetzt die Tiefe des Sumpfs, über ihm nur mehr eine knappe Handbreit dieser gläsern wirkenden Masse, die allein durch eine magische Kraft entstanden war.

Im Laufe der Jahrhunderte hatte das Moor vieles geschluckt. Es hatte bei unserem ersten Besuch sogar seine Opfer ausgespien und sie als Zombies in die normale Welt zurückgeschickt. Jetzt allerdings sahen wir in der Tiefe keine Gestalten mehr. Was wir erkannten, waren tote Sträucher, auch Bäume und sogar Gegenstände des modernen, täglichen Lebens, die jemand in das Moor geschleudert hatte.

»Gleich hat er es hinter sich!« hauchte Suko.

Tatsächlich durchbrach der Stein wenige Augenblicke später die Oberfläche des Sumpfs.

Jetzt war ich gespannt!

Es tat sich nichts. Keine Explosion, kein grelles Aufstrahlen, überhaupt nichts. Der Stein lag völlig harmlos auf der harten Moorfläche und schien darauf zu warten, von uns angefaßt zu werden.

Wir wunderten uns.

»Was soll das?« fragte Suko. »Verstehst du es?«

»Nein.«

»Ich meine, du solltest es versuchen, John.«

»Und was?« Obwohl ich Sukos Antwort schon kannte, hatte ich noch einmal nachgefragt.

»Ganz einfach. Du hast dafür gesorgt, daß er aus der Tiefe hochsteigen konnte, jetzt kannst du zu ihm gehen und ihn an dich nehmen. Er gehört dir, John Sinclair.«

Ich atmete tief aus. Gehörte er tatsächlich mir? War es nicht der Rest eines fernen Landes, einer fremden Kultur? Durfte ich so vermessen sein, und mich durch ihn bereichern?

Suko bemerkte meine Zweifel. »Wenn du es nicht machst, werden es die beiden Hexen tun. Denk daran, es gibt sie noch.«

»Ich weiß.«

»Also, geh schon!«

»Aber die Hexen werden vernichtet, wenn sie den Stein an sich nehmen«, widersprach ich.

»Bist du dir dessen sicher?«

Ich schaute Suko von der Seite an. »Was meinst du? Glaubst du daran, daß mit dem Stein etwas geschehen ist?«

»Ja, das glaube ich. Leider kann ich dir nicht sagen, was los ist. Mir gibt allein die Reaktion der Hexen zu denken. Sie wollten, daß du den Stein durch die Kraft deines Kreuzes aus dem Sumpf holst. Und das muß seinen Grund haben. Vielleicht hast du den Hexenstein schon längst neutralisiert und den beiden Furien geholfen.«

Da konnte er recht haben.

»Keinen Widerspruch, John?«

»Nein.«

»Dann habe ich dich überzeugt?«

Ich lachte leise. »Noch nicht ganz, aber du sollst deinen Willen haben, Suko. Ich gehe hin und hole ihn mir.«

»Okay, Alter«, er schlug mir auf die Schulter. »Ich wünsche dir viel Glück und halte hier die Stellung.«

Noch einmal schaute ich auf mein grün leuchtendes Kreuz, mußte mich trotzdem allem überwinden und ging den ersten Schritt, der mich auf die Sumpffläche brachte . . .

*

Ich hatte doch ein wenig Angst davor gehabt, einzusinken. Die Furcht verflog rasch, obwohl ich nicht über eine normale gläserne Fläche schritt, da ich sehr deutlich das Vibrieren spürte, das durch den gesamten Sumpf lief und sich auch auf mich übertrug. Ich gewöhnte mich daran.

Damals hatte ich den Stein durch das Fenster der Ruine in den Sumpf geschleudert. Zum Glück nicht sehr weit. Es waren meiner Schätzung nach höchstens 50 Yards, die ich zurücklegen mußte, um den Hexenstein zu erreichen.

Unter mir befanden sich zwar keine Eier, dennoch ging ich so, als würden sie an meinen Füßen kleben. So wie ich mußte sich jemand vorkommen, der zum ersten Mal in seinem Leben eine Eisfläche betrat.

Zwar brannte ich jetzt darauf, den Stein an mich zu nehmen, dennoch blieb ich vorsichtig. Nichts wollte ich überstürzen und möglicherweise durch eine unbedachte Handlung meinen Erfolg noch in Frage stellen.

Auch schaute ich mich nach den Hexen um. Innerhalb der grünen Umgebung sah ich die beiden Gestalten nicht. Nur mehr die langen Schatten und die dünnen Nebelstreifen, die hin und wieder mein Gesicht berührten, so daß ich das Gefühl hatte, von kalten Fingerspitzen gestreift zu werden.

Es war nicht mehr weit.

Vier, fünf Schritte mußte ich noch zurücklegen, um endlich das Ziel zu erreichen.

Wieder sah ich mein Kreuz an.

Es hatte sich nicht verändert. Nach wie vor hielt die als grünes Licht sichtbare Magie der Druiden diesen wertvollen Talisman umfangen. Mittlerweile glaubte auch ich an einen Erfolg.

Der letzte Schritt.

Ich brauchte mich nur mehr zu bücken, den Arm auszustrecken und den Stein an mich zu nehmen.

Das tat ich.

Als ich ihn jedoch berührte, blieb ich in der Haltung. Ich genoß die Verbindung zwischen Mensch und Stein in den nächsten Sekunden und spürte auch die angenehme Wärme, die der Hexenstein ausstrahlte. Dabei kam es mir vor, als würde mich ein Kraftstrom durcheilen und von meinem ganzen Körper Besitz ergreifen.

So etwas hatte ich beim damaligen ersten Kontakt mit dem Stein nicht gespürt.

Die Kreuzmagie hatte ihn tatsächlich verändert.

Es war für mich ein spannender Augenblick, als ich mich in die Höhe drückte und den Stein dabei festhielt. Ich hatte ihn. Endlich war es mir gelungen, den Hexenstein an mich zu nehmen. In der rechten Hand hielt ich ihn, aber meine Finger schafften es nicht, ihn völlig zu umschließen. Ich dachte an die verdammten Hexen. Sie hatten alles eingesetzt, um ihn zu bekommen.

Nun hatte ich ihn.

Durch die Nase atmete ich ein. Es war nicht klar, wie

lange sich der Sumpf noch so verändert zeigen und mich halten würde. Deshalb wollte ich zusehen, so rasch wie möglich seinen Rand zu erreichen, wo mein Freund Suko auf mich wartete.

Seine Stimme hörte ich.

»John, schau mal hoch!«

Ich tat ihm den Gefallen und erschrak.

Bisher hatte ich von den beiden Hexen nichts gesehen. Nun sah ich sie zur gleichen Zeit. Sie schwebten über mir, und ich erkannte sogar das höhnische Grinsen auf dem Gesicht der Urwaldhexe Jirica . . .

*

Sie hatten den Weg also doch gefunden, und sie waren nicht allein gekommen, denn sie hockten auf dem Rükken ihres schwarzen Raubtieres, dessen gelbe Augen mit einem gnadenlosen, teuflischen Ausdruck nach unten und mir entgegenstarrten.

Plötzlich kam ich mir klein vor. Mit meinem ausgestreckten rechten Arm. Auf der offenen Handfläche lag der Stein, der auch für die beiden Hexen so wichtig war.

»Danke sehr, John Sinclair!« vernahm ich die Stimme der dunkelhaarigen Jirica. »Ich danke dir aufrichtig, daß du uns den Gefallen getan und den Stein hervorgeholt hast. Ich wußte schon immer, daß man sich auf dich verlassen kann.«

»Sicher«, erwiderte ich. »Den Stein habe ich. Nur gehört er mir und nicht euch.«

»Noch gehört er dir«, konterte sie und blieb nicht mehr in der Luft. Der Panther schnellte aus seinem schwebenden Stand vor und sprang mit einem gewaltigen Satz zu Boden, wo er weich und wie auf Samtpfoten landete.

Etwa zehn kleine Schritte vor mir war er zur Ruhe gekommen. Zur gleichen Zeit verließen die Hexen den Rücken des Tieres und bauten sich zu beiden Seiten des Raubtiers auf.

Sie grinsten mich kalt und siegessicher an. In ihren Augen stand kein Funken von Gefühl. Es war abzulesen, daß sie mich vernichten wollten, da ich ihnen den letzten Gefallen getan hatte.

Aber ich wollte mehr wissen. »Der Stein ist für euch unwichtig«, erklärte ich. »Es sei denn, ihr seid potentielle Selbstmörder. Wer ihn als Hexe in die Hand nimmt, der stirbt.«

»Das war einmal«, erklärte Monica.

»Jetzt nicht mehr?« fragte ich zurück.

Diesmal gab Jirica die Antwort. »Nein, durch die Kraft deines Kreuzes hast du ihn neutralisiert. Wir können ihn an uns nehmen, zerstören, es auch bleiben lassen und somit eine große Gefahr von allen existierenden Hexen abwenden. Man wird uns außergewöhnlich dankbar sein, das kannst du mir glauben. Und ich bin in der Lage, die Nachfolge der großen Wikka anzutreten, die den Stein unterschätzt hatte.«

Ich hatte die Worte vernommen und nahm sie ziemlich gelassen auf. Im Gegensatz zu Monica. Ihr Gesicht hatte sich kurz verzogen, als hätte sie einen Schluck Essig genommen. So völlig war sie mit der Rede ihrer Hexenschwester nicht einverstanden.

Das wiederum konnte zu Hoffnungen Anlaß geben.

Ich war gespannt, wie es weiterging.

Sie blieben nicht mehr stehen, sondern kamen vor. Wenn Jirica ging, setzte sich auch Monica in Bewegung. Keine wollte der anderen einen Vorsprung lassen, und auch der Panther ging.

Es war schon interessant, die beiden zu beobachten. Auch Suko tat dies. Ich hörte seine warnende Stimme.

»John, am besten ist es, wenn du zurückkommst.«

An meiner Stelle antwortete Jirica. »Ja, du kannst gehen. Nur den Stein läßt du hier.«

Das hatte ich nun nicht vor, sagte es aber nicht und hoffte stark, daß ich mich auf mein Kreuz verlassen konnte.

Suko hielt auch nichts mehr an seinem Platz. Er hatte bemerkt, wie sehr sich die Lage zuspitzte und immer gefährlicher wurde.

Deshalb kam er.

Mein Freund ging schneller, als ich vorhin. Die Zeit drängte sich plötzlich zusammen. Ich sah den wilden und bösen Blick der Urwaldhexe, die etwas tun mußte.

Es war die Furie aus London, die es übernahm.

Ihren fauchenden Atem hörte ich und warnte Suko im selben Augenblick. »Vorsicht, das . . . «

Es war keine Flammenwand, die sich vor Suko aufstellte, sondern eine nicht sichtbare Kraft, die ihn packte.

Telekinese!

Suko wirkte im ersten Moment wie ein Schlittschuhläufer, der die Balance verloren hat. Der Inspektor schlenkerte mit den Armen, gleichzeitig wurden ihm die Beine weggerissen, und plötzlich schwebte er in der Luft.

Er war viel zu sehr mit sich selbst beschäftigt, als daß er hätte an seine Waffen herankommen können, denn die andere Kraft katapultierte ihn machtvoll zurück.

Auf dem Rücken lag Suko, und die Hexe aus London lachte schrill, während sie Suko bis zu den Mauern der Ruine zurückfliegen sah, wo er gegen das harte Gestein stieß.

Das bekam ich nicht mehr mit, denn ich wollte die Hexe.

Und griff an!

Jirica, die Urwaldhexe, hatte mich nicht aus den Augen gelassen. Sie dachte auch nicht daran, den Kampf aufzugeben. Deshalb schickte sie einen Helfer ins Spiel, der verdammt gefährlich war.

Der Panther sprang!

So schnell kam ich nicht weg. Zudem hatte mich die Aktion der Londoner Hexe noch abgelenkt. Ich sah den Körper in der Luft, er wuchs vor mir auf, wurde größer, und dann erwischte er mich, obwohl ich mich in einer Seitwärtsbewegung befand.

Ein Klotz schien gegen meinen Körper zu hämmern. Der Tierkörper war so schwer, daß mich der Aufprall buchstäblich von den Beinen riß. Ich fiel nach hinten, schlug auf die harte Fläche, stieß mich am Kopf, nahm den scharfen Geruch der Raubkatze wahr und sah dicht vor mir sein weit aufgerissenes Maul mit den langen spitzen Zähnen.

Die würden meine Kehle mit einem Biß durchtrennen.

Dieser Panther war kein normales Tier. Ich hatte mein Kreuz sogar gegen sein Fell gepreßt, aber damit war er nicht zu besiegen, da das Kreuz überhaupt nicht reagierte.

Durch die Magie des Hexensteins war es tatsächlich neutralisiert worden. Ein reiner Wahnsinn, denn so etwas hatte ich nocht nicht erlebt. Der Plan dieser Hexen war tatsächlich bombensicher.

Starb ich jetzt durch einen Pantherbiß?

Nein, denn die Hexen wollten etwas anderes. Sie interessierte vorrangig der Stein, anschließend sollte ich an die Reihe kommen. Der Kopf des Panthers drehte sich. Er wollte mich nicht am Hals erwischen, sondern am rechten Handgelenk.

Ließ ich nicht los, biß er zu!

Innerhalb einer Sekunde traf ich die Entscheidung,

öffnete meine Faust und gab der Hand noch einen gewissen Drall, als ich den Stein von der Fläche rollen ließ.

Darauf hatte der Panther gewartet.

Er benötigte nur einen Sprung, um sein Ziel zu erreichen. Plötzlich befand er sich über dem Stein, sein Maul war noch geöffnet, und mit beiden Kiefern schnappte er zu, so daß er den ovalen Hexenstein zwischen sein Gebiß bekam.

Er hatte es geschafft, fuhr herum, und während ich mich aufrichtete, sah ich ihn auf Jirica zulaufen wie einen gehorsamen Hund, der etwas apportiert hatte.

Nur brachte der Panther keinen Stab oder Stock, sondern den Hexenstein. Jirica hatte sich gebückt. Sie riß ihn dem Panther aus dem Maul, schnellte hoch und hielt den Stein in einer triumphierenden Geste. »Ja!« schrie sie. »Ich habe ihn. Ich habe ihn endlich bekommen. Jetzt kann ich ihn vernichten oder ihn für meine Zwecke umpolen. Ich bin die Herrin!«

Das hörte auch ich.

Im Moment jedenfalls befand ich mich außer Gefahr. Zudem hatten die Krallen des Panthers bei mir keine allzu großen Wunden gerissen. Sie waren zwar durch die Kleidung gedrungen. Zurückgelassen hatten sie nur mehr Hautabschürfungen.

Ich kam hoch.

Noch war ich nicht geschlagen, und ich wollte auf keinen Fall den Kampf aufgeben.

Nicht umsonst trug ich den Bumerang bei mir. Leider kam ich nicht dazu, ihn oder die Beretta zu ziehen, denn abermals war der Panther schneller.

Diesmal wollte er keinen Stein, nur meinen Tod!

*

Auch Monica hatte den triumphierenden Schrei ihrer Hexenschwester vernommen. Dieser Laut schmerzte sie wie der Stich mit einer Messerklinge.

Sie wußte, daß sie verloren hatte. Es war ihr nicht gelungen, den Stein zu bekommen. Beide Hexen hatten zwar zusammengearbeitet, aber gleichzeitig ein falsches Spiel getrieben, um sich gegenseitig zu übertölpeln, nachdem sie einen Helfer für ihre Zwecke eingespannt hatten.

Um Sinclair brauchten sich weder die eine noch die andere zu kümmern. Das erledigte der Panther, und der Geisterjäger interessierte die wie eine Rocker-Lady aussehende Hexe auch nicht. Ihr kam es allein auf den Stein an.

Noch schwelgte Jirica in ihrem Triumph. Sie konnte kaum glauben, daß es ihr gelungen war, dieses Ziel zu erreichen, und auch ihr Instinkt warnte sie nicht, als die zweite Hexe plötzlich angriff.

Sehr schnell war sie. Wie ein Schatten kam sie heran. Verzerrt das Gesicht, die Haare wie eine bunte Fahne wehend, und sie schlug ihre Handkante gegen das rechte Gelenk der Urwaldhexe.

Schmerzen verspürte Jirica nicht. Aber der überraschende Druck reichte aus, um ihr den wertvollen Stein aus der Hand zu schleudern. Er prallte auf den harten Moorboden, rollte noch weiter und wurde von Monicas Schrei begleitet, denn sie sah ihre große Chance für gekommen.

An der noch überraschten Jirica huschte sie vorbei, lief zwei Schritte weiter und stürzte zu Boden.

Es war ein Hechtsprung, der hinter ihr lag. Die Arme hatte sie ausgestreckt. Allerdings erreichte sie den Stein mit nur einer Hand. Wie ein Geier seine Kralle, so schlug sie die Finger um das harte Oval, um letztendlich doch noch zu gewinnen.

Als sie sich schon freute und herumdrehte, war Jirica da. Sie setzte nicht ihre Hexenkraft ein, diesmal versuchte sie es mit körperlicher Gewalt.

Ihr Tritt schleuderte Monica so weit zurück, daß sie auf den Rücken krachte und sich dabei noch überschlug.

»So habe ich mir das nicht gedacht!« kreischte Jirica. »Ich habe den Stein geholt und werde ihn auch behalten.«

»Neiiinnn!« Der wütende Laut machte der Urwaldhexe klar, daß die andere bereit war, um den Stein zu kämpfen.

Das Duell der Hexen begann!

*

Und ich mußte gegen einen Todfeind angehen. Ein Killer auf vier Beinen, mit einem Instinkt ausgerüstet, dem ich nichts entgegenzusetzen hatte. Ich konnte mich nur wehren.

Zum Glück funktionierten meine Reflexe. Bevor das Raubtier seine Pranken in mein Gesicht schlagen konnte – er hatte darauf gezielt –, hatte ich mich geduckt und war gleichzeitig weggetaucht.

Der Panther sprang ins Leere.

Als er herumschwang, dachte ich wieder an meinen Freund Yakup. Auch er hatte mir am Telefon von diesem Panther berichtet, und dem Türken war es gelungen, ihn mit einem schmetternden Karatehieb außer Gefecht zu setzen.

So gut war ich leider nicht, ich mußte es mit der Beretta versuchen. Sein Fauchen warnte mich. Es war der Vorbote des Feuers. Da schlugen plötzlich lange Flammenarme aus seinem offenen Maul, so daß ich mir wie vor einem Flammenwerfer vorkam.

Ich sprang und rannte zurück, hörte ein wildes Kreischen, das die Hexen ausstießen, und konnte mich um sie nicht mehr kümmern. Ich bekam die Chance, meine Beretta zu ziehen.

Den Bumerang ließ ich schießen. Schießen konnte ich schneller als werfen.

Und ich feuerte. Dabei hatte ich den Moment abgewartet, als sich der Panther abstieß. Meine geweihten Silberkugeln wuchteten in seinen Körper. Auf vier Treffer kam ich. Das hielt auch dieses Wesen nicht aus.

Sein Sprung verkürzte sich auf eine nahezu groteske Art und Weise. Er schüttelte nicht nur seinen relativ kleinen Schädel, auch den Körper durchlief ein Beben, und er gab ein Geräusch ab, das mich an ein schrilles, schmerzerfülltes Jaulen erinnerte.

Mit diesem Geräusch auf den Raubtierlippen krachte er auf den gläsernen Sumpfbogen. Das Silber wirkte bei ihm. Ich sah die Wunden, aus denen eine zähe Flüssigkeit rann, die sich auf dem Fell verteilte und regelrecht Lachen bildete.

Genau dort, wo die Kugeln getroffen hatten, tat sich etwas an den Wunden. Sie faserten aus, das Fleisch und auch das Fell zogen sich zusammen, wurden schwarz und lappig.

Trotzdem war der Panther noch nicht erledigt. Er wollte wieder hochkommen, schaffte es aber nicht, da ihn die Kräfte verlassen hatten. Er drehte nur mehr den Kopf, um die am nächsten liegende Wunde zu belekken.

Durch diese Reaktion war für mich klar, daß ich mich vor ihm nicht mehr zu fürchten brauchte. Der Panther hatte ausgespielt.

Aber nicht die Hexen!

Ich schlug einen Bogen um das verletzte Raubtier und schaute zu, was mit ihnen geschehen war.

Kopfschüttelnd blieb ich stehen, als ich einen besseren Blickwinkel bekommen hatte. Was ich sah, war kaum zu glauben.

Die Hexenschwestern, die beide der Schwarzen Magie dienten, waren plötzlich wegen des Steins zu Todfeinden geworden.

Sie kannten keine Rücksicht mehr. Die eine wollte die andere vernichten, denn es zählte allein der Stein.

Ich schaute dem Kampf zu.

Beinahe gelassen zog ich den Bumerang. Es sah so aus, als könnte ich tatsächlich bei dem irren und magischen Duell der Hexen der lachende Dritte werden . . .

*

»Du kriegst ihn nicht! Du kriegst ihn nicht!« Es war Monica, die die Worte ausstieß und dabei zuschlug. Sie versuchte, das Gesicht der anderen zu treffen und es mit ihren langen Fingernägeln zu zerfetzen.

Zum Teil hatte sie Glück. Mit der linken Hand kam sie durch. Die Nägel fanden die Haut, hakten sich fest und zogen sie plötzlich wie einen alten Lappen nach unten.

Zum erstenmal sah Monica, was sich unter der Haut dieser Urwaldhexe befand.

Ein rotes Skelett. Rötlich schimmernde Knochen, widerlich anzusehen, und damit hatte die Hexe aus London nicht gerechnet. Sie zeigte sich überrascht. Mangelnde Konzentration war die Folge, was Jirica sofort ausnutzte.

Sie stieß der anderen mit zwei Fingern in die Augen, ohne daß Monica sie abwehren konnte.

Monica aus London war eine Hexe, kein Mensch, auch wenn sie so aussah. Sie schrie dennoch, denn sie konnte nichts sehen, war abgelenkt, und der Urwaldfurie gelang es, das Gelenk der anderen zu umklammern und herumzuwuchten.

Dabei kniete sie sich blitzschnell hin. Monica lag noch immer am Boden. Die andere riß ihr den Arm hoch und hieb ihn gedankenschnell wieder nach unten. Gelenk und Knie krachten zusammen, der Hexenstein verließ die Hand, fiel zu Boden und schlidderte ein Stück weg.

Jirica wollte ihn greifen.

Sie schaffte es in ihrer Position nicht, kam wieder auf die Füße und lief gebückt einige torkelnde Schritte.

Monica konnte zwar nicht so gut sehen, ahnte aber die Aktion ihrer Hexenschwester. Deshalb konnte sie zu einem Gegenmittel greifen. Wie schon in Blackmoor. Auch bei Suko setzte sie ihre telekinetischen Kräfte ein, um Jirica unter Kontrolle zu bekommen.

Für eine Sekunde sah es tatsächlich danach aus. Die Urwaldhexe geriet aus dem Gleichgewicht. Sie wankte und hatte Mühe, überhaupt ihre Beine zu bewegen.

Plötzlich schwebte sie über dem Boden.

Ein wildes irres Lachen schwang ihr entgegen. Jiricas Feindin hatte es ausgestoßen. Sie stand wieder, hatte eine gebückte Haltung eingenommen, und ihr Gesicht war verzerrt, während aus den Augen ein blasses Wasser rann und sich auf den Wangen verteilte.

»Du nicht!« keuchte sie wie wahnsinnig. »Du schaffst es nicht, das schwöre ich dir . . .«

Aber sie hatte sich überschätzt. Jirica hielt sich. Zwar schwebte sie, aber die Kraft der anderen schaffte es nicht, sie über das gläserne Moor zu schleudern.

Jirica hatte sich wieder fangen können und setzte zum Gegenangriff an. Feuer war ihr Mittel!

Nicht der Panther produzierte es, die Hexe selbst fauchte eine flammende Brunst in die Höhe, die als heiße Wand dicht vor der Londoner Hexe erschien.

Monica mußte zurück. Dabei verlor sie ebenfalls die Kontrolle, konnte sich nicht mehr auf Jirica konzentrieren, wie sie es gern gehabt hätte. »Das ist dein Ende!« versprach Jirica. Sie lachte laut und häßlich, während die Flamme noch einmal Kraft bekam.

Wie eine Woge oder wie ein gewaltiger Vorhang wirkte sie. Jedenfalls war sie schnell, so daß es der Hexe aus London nicht mehr gelang, vor ihr zu fliehen.

Gewaltig schlug sie über ihrem Körper zusammen.

Plötzlich war Monica der Mittelpunkt dieser flammenden Insel. Das Feuer hatte seine Nahrung bekommen, und es vernichtete die Hexe, ohne daß sie noch etwas dagegen unternehmen konnte.

Monica sank zusammen.

Innerhalb der heißesten Stelle in der Feuerwand durchlief den Körper ein gewaltiges Zittern, so daß er wie ein zuckender Wurm wirkte, bevor er zusammensank und völlig verschwand.

Zurück blieb heller, beinahe weißer Staub, der sich an der Stelle ausbreitete, wo die Hexe gestanden hatte.

Mehr war von ihr nicht gebleiben. Sehr deutlich zu sehen, als die Flammenwand von einem Augenblick zum anderen zusammensank.

Jirica lachte. Sie hatte Spaß, sie war die Siegerin, und sie kostete das Gefühl aus. »Ich habe gewonnen!« flüsterte sie, drehte sich um und ging, um den Stein an sich zu nehmen. »Ich bin die Siegerin . . .«

»Das glaube ich nicht!«

*

Die Urwaldhexe stoppte mitten in der Bewegung, als sie die Stimme vernahm. Gesprochen hatte ich. Damit hatte sie wohl nicht gerechnet, denn durch ihren Körper lief ein Zittern.

Ich schwieg ebenfalls, wollte ihr Zeit geben und beobachtete sie sowie den Stein.

Beide waren voneinander getrennt. Wenn sie ihn aufheben wollte, mußte sie einige Schritte laufen, und in der Zeit konnte ich sie erwischen. In der rechten Hand hielt ich den Bumerang, den Arm bereits schlagbereit nach hinten gestreckt.

Mit der Linken umklammerte ich das Kreuz, damit es die Magie weiterhin aufrechterhielt.

Ungewöhnlich langsam drehte sie den Kopf. Jetzt konnte sie mich anschauen, und ich las in ihren schrägstehenden Augen eine gewisse Verwunderung und auch Unglauben.

Wahrscheinlich konnte sie nicht packen, daß ich gewonnen hatte. Aber ihr Blick blieb nicht lange an mir haften. Er wanderte weiter und fand ein neues Ziel.

Es war der Panther!

Zuckend und schwerverletzt lag er auf dem Boden. Er fand nicht einmal mehr die Kraft, seine Wunden zu lekken. Wahrscheinlich hatte sie ihn aus dem tiefen Dschungel geholt, ihn magisch abgerichtet, sich immer auf ihn verlassen und mußte nun mitansehen, wie er allmählich starb.

»Du hast ihn getötet!« flüsterte sie. »Verdammt, du bist es gewesen. Wie hast du es geschafft?«

»Durch geweihte Silberkugeln. Ich schoß viermal!«

Ihr Kopf ruckte hoch. Der Blick brannte sich an meinem Gesicht fest. Auch ich konnte mir die Hexe genau ansehen. Wie eine Figur stach sie vor den grünschwarzen Schatten ab. Der Nebel hatte sich seltsamerweise verflüchtigt, so daß ich mir wie in einer Manege vorkam, wo die Zuschauer im Dunkeln saßen und voll atemloser Spannung darauf warteten, was in den folgenden Sekunden passierte.

»Mich tötest du damit nicht«, sagte sie plötzlich.

»Ich weiß.«

Die Antwort machte sie unsicher. Das hörte ich am Klang ihrer nächste Frage. »Wie willst du mich dann besiegen, Geisterjäger?«

»Mir fällt schon etwas ein!«

»Nein«, erwiderte sie. »Dir fällt nichts ein. Dir kann nichts mehr einfallen. Das hier ist mein Spiel. Ich habe lange genug versteckt gelebt, bis ich von dem Stein erfuhr. Ich will ihn haben, ich werde ihn bekommen, denn er liegt in greifbarer Nähe. Zum erstenmal . . .«

»Geh hin und nimm ihn dir!« forderte ich sie auf. »Bitte, ich hindere dich nicht daran!«

Unmerklich schüttelte sie den Kopf. »So haben wir nicht gewettet. Zunächst bist du an der Reihe. Du hast gesehen, wie ich die andere vernichtete. Auch du wirst den Flammen nicht mehr entkommen. Sie sind schnell, zu schnell für einen Menschen, das verspreche ich dir. Das Feuer verzehrt und vernichtet. Ich bin die Person, die es beherrscht. Das wird dir gleich klarwerden!«

Für mich wurde es Zeit.

Innerhalb einer Sekunde konnte diese Hexe umschalten. Wenn sie das erst einmal getan hatte, war es zu spät, deshalb tat ich das einzig Richtige in meiner Lage.

Ich griff an. Mit dem Bumerang.

Daß ich ausgeholt hatte, war schon ein großer Vorteil. Nun aber schickte ich die Waffe auf die Reise, und ich legte all die Kraft in den Wurf hinein, die in mir steckte.

Der Bumerang wurde zu einem blitzenden, kreisenden und fauchenden Gegenstand.

Erst als er meine Hand verlassen hatte, bemerkte die Hexe plötzlich, in welch einer Gefahr sie schwebte. Es blieb ihr nicht einmal die Zeit, einen Gegenzauber auzubauen. Das Feuer konnte sie nicht entlassen, denn sie mußte der Waffe ausweichen.

Ihr Sprung sah etwas steif aus, mit dem sie sich aus der Gefahrenzone bringen wollte. Dabei duckte sie sich noch und riß die Arme hoch, als wollte sie die silberne, magische Banane auffangen.

Das war ein Ding der Unmöglichkeit. Der Bumerang schien zu wissen, daß er eine endgültige Entscheidung treffen mußte, denn wie ferngelenkt änderte er seinen Flug, kippte ein wenig schräg ab, behielt diesen Winkel bei und kam wie ein gewaltiges breites Beil von oben nach unten.

Er durchschlug alles.

Die Arme und auch den Hals!

Ich vernahm einen dumpfen Aufschlag, kümmerte mich aber nicht darum, denn die Hexe war wichtiger.

Sie bestand plötzlich aus mehreren Teilen. Da war der Kopf, dann der Körper und auch die beiden Arme, die zusammen mit dem Schädel aufschlugen.

Der Körper blieb noch stehen, als befände sich unter seinen Füßen ein zäher Leim.

Aber er löste sich bereits auf.

Als ich näher kam, leuchteten mir bereits die Knochen eines dunkelroten Skeletts entgegen. Sie besaßen längst nicht mehr die Kraft, die sie zusammenhielt, denn innerhalb einer Sekunde veränderten sich die Knochen zu einem rötlichen Staub, der mehlartig zusammensank und genau dort liegenblieb, wo das Skelett zuvor gestanden hatte.

Es gab keine Jirica mehr.

Ich hatte sie erledigt!

Weder ihr noch der Hexe aus London war es trotz aller Mühen gelungen, den für sie so wichtigen Stein an sich zu nehmen.

Das konnte ich jetzt.

Und ich ließ mir Zeit, als ich auf ihn zuging. In meinem Rücken vernahm ich ein letztes, jämmerliches Fauchen, dann hatte der Panther sein Leben ausgehaucht.

Vorbei an einem Knochenschädel schritt ich, dessen letzte Reste erst jetzt zusammensanken und ebenfalls als rote Mehlschicht liegenblieben.

Ich hob den Stein an. Noch immer glühte mein Kreuz, aber die Farbe wurde schwächer.

Für mich war das gleichzeitig ein Warnsignal. Wahrscheinlich brach die gesamte Magie hier zusammen.

Plötzlich hatte ich es sehr eilig. Ich rannte auf den rettenden festen Boden zu. Das klappte zu Beginn sehr gut, wurde aber schwieriger, als der Untergrund weicher wurde, gleichzeitig auch zäher und anfing zu zittern, wobei er mir zudem vorkam, als bestünde er aus Leimarmen, die sich an meine Schuhsohlen geheftet hatten. Ich mußte stark ziehen, um wieder freizukommen. Dennoch, ich schaffte es, sah wieder den Nebel, die Ruine und merkte, daß ich normal gehen konnte.

Der Boden war feucht, aber widerstandsfähig.

Von der Ruinenwand löste sich ein Schatten. Er ging nicht aufrecht, mehr schwankend. Als er näher kam, erkannte ich meinen alten Freund Suko. Er stöhnte, hielt sich den Kopf und flüsterte: »Die hat mich voll erwischt, John.«

»Aber der Kopf ist noch dran – oder?«

»Klar.«

»Kein Wunder. So leicht ist massives Holz eben nicht zu zerstören.«

Suko holte tief Luft und verzog sein Gesicht zu einer Grimasse. »Sei nur froh«, erwiderte er, »sei nur froh . . .«

*

Das war es also gewesen. Ein mörderischer Fall, der praktisch in Kalifornien seinen Anfang genommen hatte und den wir nun glücklich beenden konnten.

Und der Hexenstein, um den sich alles gedreht hatte?

Drei Augenpaare schauten ihn an. Suko, Rod Spiker, der wieder zu uns gestoßen war, und ich.

Der Mann aus Blackmoor schüttelte den Kopf. »Das ist er tatsächlich«, flüsterte er voller Ehrfurcht. »So ein kleiner Stein, der angeblich eine große Kraft besitzen soll. Hat er die tatsächlich in sich?« Fragend schaute er uns an.

Ich hob die Schultern. »Keine Ahnung. Wir haben ja selbst gesehen, was geschehen ist.«

»Ja!« meldete sich Suko. »Dein Kreuz hat die Kraft des Steins aufgehoben.«

»Bist du sicher?«

»Darf ich ihn mal haben?«

Ich ahnte nichts Böses und überließ ihn meinem Freund. Der ging einen Schritt zur Seite und holte so weit aus, wie ich vorhin mit meinem Bumerang.

»He, was machst . . .«

Da hatte er schon geworfen und auf die Ruinenmauer gezielt.

Wir sahen ihn fliegen, hörten den dumpfen Aufprall und bekamen die kleine Explosion mit.

In der Tat! Der Stein zerplatzte, er explodierte, seine Härte, die die Jahrhunderte gehalten hatte, war verschwunden.

Krümelige Reste blieben zurück.

Wir konnten das Kapitel Hexenstein abschließen.

Suko hob die Schultern. »Er war nichts mehr wert«, sagte er. »Überhaupt nichts. Ich glaube, daß dieses Moor und auch der kleine Ort Blackmoor jetzt Ruhe haben.«

Davon war Rod Spiker nicht so überzeugt. Er wandte sich an mich. »Stimmt das, Mr. Sinclair?«

Ich hob die Schultern. »Im Prinzip schon. Sie müssen nur fest daran glauben.«

Spiker gab sich irritiert. »Meinen Sie das im Spaß oder im Ernst?« fragte er.

»Im Ernst«, erwiderte Suko. »Denn Spaß können wir beide nicht vertragen . . .«

ENDE